KEITAI
SHOUSETSU
BUNKO
野いちご SINCE 2009

悪夢の鬼ごっこ

～4日間、鬼に殺されなければ勝ち～

棚谷 あか乃

JN020275

◎ STARTS
スターツ出版株式会社

イラスト／黎

その合宿を受ければ成績は、
"オール5"が保証される。
最高評価を狙うための最後のチャンス。
ただ代償は大きいかもしれない。
もちろん合宿の間だけだよ。
終われば、すべてなくなるさ。
何もかも、その記憶は消えてなくなる。
誰かがこう言った。
これは、『最後の悪夢』だと。

※この作品には犯罪等の表現が使われていますが、
それらに賛同するものではありません。

contents

1.最後の悪夢

　夏休み。

　中学2年生の私は、その日、部活で学校に来ていた。

　【旭みさき】と書かれた名前カードを持って、職員室前の掲示板の前で立っていた。掲示板にテープで、作品の四隅をとめる。

　作品の下に名前カードを添えてそれも貼りつければ、【世界の景色】と墨汁で書かれた文字がより、際立って見えた。

　うん、いい感じ。

　納得して1人で笑ってうなずくと、踵を返して来た道を戻っていく。3階の書道室。私の所属している部活の部室に向かって。

「みさきちゃん、ちょうどよかった！　ちょっと手伝ってほしい」

　部室につくなり、たくさんの文字の書かれた大きな半紙を持った河井先輩に声をかけられる。

「あ、はい！」と返事をして駆け寄れば、テープを持っていってほしいと頼まれた。

　河井先輩の友達だろうか。

「後輩ちゃん今来たばっかりじゃん」「かわいそうだよ」とこちらを見て笑っている人がいた。

　私は彼女たちに向かってそんなことないですよ、と苦笑いすると、再び職員室へ下りていくために部室を出た。

「ごめんねえ、作品がただでさえ大きいからテープとか名札とか、持ちきれなくて。こういう時部室が近かったらなあ、よかったんだけど」

　河井先輩が申し訳なさそうに言った。

「そうですよね。なんか、文化部だからって遠いのって不便ですよね。美術部は２階なのに」

「そう！　書道もちゃんと活動してるのに～」

　私も先輩も顔を合わせて笑った。

　ふと、先輩の作品に目を向ける。

「それ、なんて書いてあるんですか」

「これ？　うーん……なんだろ、わかんない」

　先輩が自分の作品を見て首をかしげる。私も首をかしげた。

「わかんないのに書いたんですか？」

「そう！　なんかカッコいいから。長いしね。最後の作品だから真面目にしなきゃ、って」

　最後、という言葉が少し胸に引っかかった。同時に、もう先輩は引退なんだ、と思った。

　私は先輩のことを本当に尊敬していた。優しいし、面白くて。

　そして書道部で一番字を書くのが上手い、と言われているのが３年生、現部長のこの、河井先輩なのだ。

　いつも４文字や６文字など、短い文字を書いているけれど、楷書も行書も何を書いてもきれいだった。字の大きさ、はらい、はね、とめ、の正確さ。

　丁寧でどこか大胆で、墨で字を書くことでまるで操っているみたいな、魅力的な字を書く河井先輩は、私の憧れだった。

なりたい存在。

でもなれない存在？

先輩の作品を掲示板にとめると、その迫力に圧倒されてしばらく立ち尽くしたままだった。

なんだろう？　何が違うんだろう。

３年生の人ってみんな上手だ。

私には習字をやっていた経験が少ししかない。河井先輩はずっと、だって。

私、もっとやっていたら、こんなに上手く書けたんだろうか。

もちろん尊敬もするし憧れもするけれど、どうしようもない悔しさと劣等感に膝をつくことがあった。

そう、いつも、私は自分のことを人と比べてばかり。

「みさきちゃん、どうしたの？」

「いや、別に、なんでもないです。先輩、やっぱり上手だなあ、って」

「え。やだなあ、照れちゃう」

素直に笑って照れたり、ちょっとのことで喜んだり、そういうことって苦手だ。

先輩と部室に戻ると、もう片づけが始まっていた。時刻は17時をすぎていて、もうすぐ下校時刻だった。

私も地面に散らばった新聞紙を片づけていたら、３年生の先輩が、こんなことを話していた。

「どうしよう。私合宿、やめとこかな。でも受けて内申点

もらえたら、って思うとさあ」

「うん。正直みんなそうでしょ、"最後の悪夢"だって言われているぐらいだし……悩むよね、遠足も……」

　最後の悪夢？

　内申点が上がる？

　なんだろう。

　キョトンとしていたら、ちょうど隣を河井先輩がすぎていったので、話しかけて話を聞いてみることに。

「あぁ、それね、3年生限定の特別授業なんだ。受けたら内申点超アップ。すごいよ。めちゃくちゃしんどいらしいけどね」

「え！　そんなのがあったんですか。有名な話ですか？」

　河井先輩が首を横に振る。

「いや、3年生だけだから本当は教えちゃダメなんだよ。だからごめんね、詳しいことは言えないの」

　へえ。

　そんな授業があったなんて、知らなかったな。

　3年生になったら成績を上げるチャンスがもらえる。

　たしかにこんなおいしい話、有名だったらみんなうちの学校に入学してただろうし、他の中学にも噂されているだろうな。

　「私は受けようと思っているよ」と河井先輩は苦笑いしていた。

　部室の片づけが終わると、鍵を返しに行くためのジャンケン対決。3年生4人、2年生3人。

　１年生は１人で今日は来ていない。

　ジャンケンの結果、私が１人負けで返しに行くことになった。河井先輩は明日からはもう部活に来ないから、と言って、鍵を返しに行くのに付き合ってくれた。

　でも、さっきの話がずっと頭からはなれない。

「あの、本当に失礼なんですけど、その悪夢？の授業？いつやるんですか？　何日間？」

「こら、そういうのダメだって言ってるでしょ」

　肩をポン、と叩かれて私は笑ってしまう。

　それでも教えてほしい、という目で先輩を見ていたら、先輩は仕方がなく教えてくれた。

「遠足の前日、当日とその次の日、もう１つ次の日……４日間？　だったかな。スパルタだよね」

　遠足。そうか、夏休みが明けてしばらくしたら遠足があるんだったか。

　でもかなり先の話だ。

　３年生は春に修学旅行もあったけど、秋の遠足は３学年共通なんだ。

　まあ、内容は何にしろ、たしかにスパルタだ。

　授業を取るか迷っていたということは、取る取らないの選択は自由なのか。でも、

「他の人が遠足を楽しんでいるっていうのに自分は授業なの、なんか嫌ですね？」

「そう。それが嫌」

　嫌だな。

それなら私なら、授業は取らないかなあ。

その時の成績にもよるかもしれないけれど。

職員室に鍵を返して先輩とは玄関でお別れした。

「頑張ってくださいね」と言うと、先輩はうれしそうに笑って手を振ってくれた。

遠足の前日。

3年生の、あの合宿のカリキュラムの1日目。私たち2年生は、明日の準備のためにかなり早くに放課となった。

夏休みが明けたのだ。セミの鳴き声ももう聞かなくなった。肌寒いかなと感じ始めていた10月後半。

放課になって家に帰ろうとしたら、「あの」と後ろから声をかけられた。

見ると、別のクラスの知らない男の子がこちらを向いて、なんだか真剣そうな顔をしている。

え？　私、何かしたかな。

戸惑いながらも「はい、なんでしょうか」と返す。

そしたら男の子は、まっすぐに私の目を見て、1つ大きく息を吸って、

「好きです」

と、強く言った。

これがいわゆる告白なのだと理解するまで、少し時間がかかった。

頭は真っ白で、顔は真っ赤だっただろう。

私が今まで生きてきた人生で初めて、告白された瞬間

だった。

　私、好かれてる？

　本当に？

　途端にまわりが騒がしくなって、私と彼をたくさんの視線が取り囲む。ひそひそ、ひそひそ、話し声がする。

　心臓がドキドキした。

　私、死んじゃうんじゃないの、ってぐらい顔が熱かった。

　ちらりと下に視線を落とす。

　彼のはいていたスリッパを見て、そこに書いてある名前を確認する。

　小学校も違う、初めて見た苗字。誰？　なんで、私のことを知っているんだろう。

　いろいろパニックだった。

　目線を上げると、彼と目が合った。肩幅、大きい。少し茶色のかかった短髪。告白なんて……でも、やっぱり、男の子、なんだなあ。

「あの。返事……また今度でいいですか？　少し、考えるので」

「はい」

　その時はなんとなく、その場の空気に流されないために一度話を切った。

　ただそれから彼と連絡する手段がなかったこともあり、話しかけることもできなくて、その告白は自然消滅となった。

　彼には、入川くんには、申し訳ないと思っている。

　なかなか見ない苗字だから、見つけたらまた会って、話せるかなってずっと思っていた。でも私は見つけられなかった。

　ただ私が見つかるだけだ。

　変に目立ってしまっているから。

　考査順位、学年1位。なんて。

　私はどう思われているのかな。

　クラスの特定の女の子とも仲良くなれなくて、馴染めなくて、浮いている存在。私のこと、賢いから付き合うなんて考えるんだろうか。

　それ以外に自分に魅力があるなんて、思えないな。

　遠足が終わり次の日もまた、今度は3年生の合宿の都合で早くに放課となった。まだ告白してきた男の子のことを忘れないうちだった。

　先輩は頑張っているかな、って、あれからずっと考えていた。

　"最後の悪夢"とまで言われる合宿だから、先輩は、体を壊したりしていないだろうか。それがずっと心配だった。

　部活の中でもまるで姉妹のようだと言われていた私と先輩。

　どうして仲良くなったのかきっかけはもう忘れてしまったけど、気づいたら本当に先輩が大好きで、ずっとそばにいた。

　1人っ子だから寂しかったのかも。

　私は、本当にお姉さんのように慕っていたんだ。

　さっきクラスの中でも、上手く馴染めていないといったけれど、そのこともあったし、いつも部活が私の居場所のように思えていた。

　ある日のことだった。

　帰り道、生徒玄関で河井先輩に偶然会ったのだ。それまでは遠足前に1、2回見かけただけだった。

「河井先輩！」

　話しかけたら河井先輩は、うれしそうな顔をして手を振ってくれて。

　でも、それから彼女の顔はだんだん険しくなって、靴をはくとすぐに私のほうに、何かを急いでいるように駆けてきた。

　河井先輩は私の両肩に手を置いて、必死に訴えるように言った。

「最初と繁華街は黒なの！　ホテルは白。休みはあっても気を緩めたら死ぬ、だから……あれ、私何を言いたいんだっけ、もう、ダメなのか。記憶が、本当に……」

「先輩……？」

　先輩の言っていることの意味がわからなくて、困惑する。

　それでも不思議なことに、私はそれを記憶していた。

　繁華街は黒。

　ホテルは白。

　休みは気を抜くな。

　これが後々役に立つことになるとは知らず、この時の私はなんとなく、それを頭に留めていたけれど。

　先輩はそれだけ言って泣き出した。

「自分の言いたいことがわからない」と言って泣いた。

　人が来る気がして、私は先輩をなだめて一緒に外に出るように言った。外に出て人気のない駐輪場に行って、そこでも先輩は嗚咽した。

「先輩、何があったんですか？　合宿、そんなに辛かったんですか？」

「うん……うん」

　先輩は泣きながらうなずいた。

　涙で顔をぐしゃぐしゃにして、悲しみを全身に纏うその姿。見ている私まで胸が苦しくなった。

　先輩が泣きやむと、それから何も聞かずに私は先輩を送り出した。

　先輩にとってそんなに辛い合宿だったんだ、とひたすらに、その時の私は思った。私は受けないでおきたい、とも思った。

　けれど時間がたつにつれ、その時の思いは風化していくんだ。

　どれだけ辛くても苦しくても、過去の痛みはわからない。思い出せない。

　たかが成績のために命をかけることも厭わない。

　そんな人間にはなりたくなかった。

　本当に、私はバカなことをしたね。

　あなたなら、"最後の悪夢"を受けますか？

勉強強化合宿。

3年生のみが受けられる特別な、△△中学独自のカリキュラムです。

参加日時は10月22、23、24、25日。

22日の放課後から25日の昼までです。

朝食、昼食、夕食代、宿泊代は初日の夕食代を除き、すべて学校側が負担します。

遠足の日も含みますが学習を優先し、普通の生徒とは別行動となります。

内容は情報処理能力、技術力、精神力等さまざまな分野が問われるため、すべての教科の強化に適しています。

生徒の頑張り次第では最高評価も狙えます。

　3年生になってこの紙が配られた時、まず最初に思い出したのは去年卒業した、河井先輩のことだった。

　私はまだ忘れていなかった。

　こんなおいしい話が本当に実在するのかと、疑っていたけれど。

　わら半紙にプリントされた内容はたしかに、生徒にとっては信じがたいものだ。受けて結果を出せばオール5も夢ではない。

　ただ先生が言うように、

「毎年参加人数は、学年の3割ぐらいだな。先輩は『もう二度と受けない』『力はつくけど自分には合っていない』『悪夢だった』と言っていた。まあ人それぞれだがな」

……なるほど。

「"最後の悪夢"と呼ばれている。恐怖の合宿だな」

プリントを見ながら聞いた言葉にどこか、聞き覚えがあった。そうだ、そんなことも言われていたっけ。

だけどまあ、そんな怯えるほどのことじゃないんだろうなあ、とは思ってしまう。

下手なことをすれば学校側が訴えられるだろう。成績が上がるための手なら私も今まで尽くしてきた。

その量は本当に、バカみたいな量だった。

だから別に、長時間勉強するとしても、他にどんな辛いことだとしても耐えられる自信はある。

まわりの生徒は受けたくない、とでも言いたげな嫌そうな顔をしていた。

合宿への参加は当然ながら親の許可、生徒の意思が必要だった。

私はその日のうちに、親の欄にもサインをして持っていたはんこで印を押して、その紙を提出しようとした。

そしたら担任の先生に、もう少しよく考えたら？と言われてしまった。

「旭は優秀だから、別にこれを受けなくてもいいんじゃないか？」

「でも、受けたいです」

「……」

先生が沈黙した。

私は笑顔で尋ねた。

「意欲的な生徒は嫌いですか？」

　先生はまた、沈黙した。

　それから少しして、やっぱりもう少し考えなさい、と私に紙を突き返した。

　私は納得がいかなかったけど、とりあえず受け取ってその場をあとにした。

　教室に戻ると、生徒はいなくなっていた。

　私も片づけをして帰ろうとしたのだけれど、不意に、後ろに気配を感じて振り返って。

「……？」

　誰もいなかった。

　誰かがいたような気がしたんだけどな。

　カバンを肩から下げて教室を出る、と、廊下を走っていく人影が見えた。私は気にせずそのまま下校する。

　部活も引退してやることは勉強のみとなった。

　今はただ勉強に専念するだけ。

「ただいま」

　家に帰ると、誰もいない。

　母親も父親も仕事で家を出ていた。

　父親が帰ってくるのは夜遅く。母親も今日は仕事が、長引くと言っていたっけ。

　ダイニングのテーブルにはオムライスが置かれていた。

　【帰るのが遅くなるので、置いておきます。温めて、好きな時に食べてね】と母の文字。

　……勉強しよう。

　私は自分の部屋に向かい、そこで勉強することにした。

　カバンを床に下ろして、いったんベッドに寝転がる。報告、面倒くさいなあ。母も疲れているだろうに、どうして許可なんかわざわざ……。

　ため息をついて、充電器の挿してあるスマホを手に取る。

　学校はスマホ禁止だけど、家に帰ってそんなに長くさわっているわけでもない。

　ただなんとなくスマホをさわって、ＳＮＳも見たりして、過ごす時間。

　無駄だなあ。これなら勉強したほうがいいな、と思いながら、画面の上で指を滑らせる時間。

　勉強をして、ご飯を食べて、スマホをさわって、また勉強をして、お風呂に入って、歯を磨いて寝る。

　なんて退屈なんだろう。

　先も見えない未来のために勉強するのも、飽きてしまいそう。通知表も悪くない。なのに私、どうしてこんなにつまらない日を過ごしているんだろう。

　ＳＮＳを見れば、写真をアップしているクラスメイトがいて、グループで話している人がいて。

　私もそこに混じりたいけど、どうやってやったらいいのかとか、全然わからないんだ。

　友達がいない。

　そしてそのことは、お母さんにもお父さんにも言っていない。

　私は勉強できる。

　それだけが私の取り柄だから、絶対失ってはいけないんだと、ずっと思って今まで、勉強してきたけど。

　ペンを持つ手が重くて動かない。

　停滞。まさしく今がそれにふさわしい。

　私は今を乗り越えなきゃいけないから、合宿に参加したいんだ。それなのに先生は、何もわかってないんだ。

　……そう。

　本当の私のことなんて誰も知らない。

　私がやりたいこと、言いたいこと。全部誰も知らない。そういうものは邪魔だ。

　母も父もいい人だから、私もいい人でいなければ、家族でいる意味がない。

　重い息を吐いて机に伏せる。

　だんだん思考が暗くなっていく。

　こんなのダメだよ、私……ダメなのに。

　時計の針の、すぎる時間を刻む音が憎い。止まってくれない。私、ずっとこのままこうやって、生きていくんだろうか。

「あー……」

　誰かに頼ってみたいな。

　たくさん甘えてみたい。

　笑いたいな。

　今の私には難しいことばかりだ。

　誰か、助けてくれないかな。

　目を閉じればだんだんと、意識が落ちていく。

　次の日になると、先生に紙を提出することができた。

　親御さんとは話し合ったのかと聞かれ、なんのためらい
もなく「はい」とうなずいた。

　嘘だった。

　昨日お母さんが帰ってきた時、言いたかったけどお母さ
んは、疲れて寝てしまっていたから。

　朝も、皿洗いなどの家事でバタバタしていて、話しかけ
るのもなんだか申し訳なく思えて。

「みさきちゃん」

　突然、クラスメイトの女の子に話しかけられて振り向く。

「委員会の仕事。今日当番だよ」

　少し考えて、思い出した。

　そういえば図書委員の仕事、今日だったっけ。

　そして、同じく図書委員の子が呼びに来てくれたのか。

「あ！　あ、ごめんね！　忘れてた」

　焦ってイスから立ち上がると、女の子にくすくすと笑わ
れた。

「みさきちゃん、こういうの忘れなさそうなのに、意外だね」

「あはは、そうだね。私もあんまり忘れないんだけどな、
普段」

　苦笑いして返す。

　2人で歩き始めると、女の子がさらっと、こんなことを
言った。

「うん。なんかなんでもできる、ってイメージがあるし」

　そう。

そういうのがいいよね。

私はなんでもできるって、すごいこと。

誰かの中での私のイメージも、ちゃんと作れているわけだ。

なんでもできる、それが私。

「そうかな」

自信はあるよ、たしかに。

「そうだよ。みんなみさきちゃんのこと、憧れているよ。文武両道で、かわいいしね」

よく言われるけど、やっぱり照れてしまうな。

「ありがとう」

私がお礼を言うと、女の子は照れたように笑った。

名前は知っていたけど、勝手に"ちゃん付け"で呼んでいいのかな。

悩んでいる間にいつの間にか委員会の仕事は終わり、何もないまま、私たちは別れることとなった。

合宿開始の前日。

私を含めた計46人の参加希望者が集まっていた。

体育館での説明。

授業を1つ分使い、ステージのスクリーンに映して行われる大がかりなもの。

自由な場所に座って説明を聞いていいとのことだった。私は壁側に1人でちょこんと座って話を聞く。

マイクテストをしたあと、学年主任の先生から説明が

あった。

「今ここに集まっているみなさんは、合宿参加を希望したということですが、あなたたちはまだキャンセルができます。その過酷さは計り知れないものだと、私は本当に思っています。学校が決めた、と言われていますが、これは国が決めたものです」

国。

生徒全員が息をのむのがわかった。

「国がある10数校の特定の中学にのみ課すカリキュラムです。これからの社会のため、よりより人材を育成するにあたって必要な要素を兼ね備えた生徒を育成するための授業。まだあまり知られていないので、ここで話すことは決して他言してはいけませんよ。今ならキャンセルは可能です。どうでしょう？ キャンセルしたい方は今この場で挙手してくださいね」

マイクのエコーのかかった先生の声が、大きく体育館に響き渡る。

2人が、手を挙げた。

正直、私も緊張していた。

国語、数学、理科なんて関係ないのかもしれない。

ただ必要な要素をどれだけ兼ね備えることができるかということが、成績に直結する、と。

まあでも、それだけ幅広いジャンルの授業を受けられるのなら、これからの人生に役に立つには違いないだろう。

手を挙げた2人が退室したところで、話が再び始まった。

　それからの話をまとめるとこうだ。

　まず明日の放課後から始まり、学校で一夜を越す。この日の夕食は残念ながらないため、軽食の持ち込みは可。

　翌日、朝食は学校から支給される。

　普通の生徒と同じようにバスに乗り遠足の目的地まで移動。

　その後目的地にて学習。

　昼食はその場所で各自で取り、夜はホテルに行き一夜を過ごす。

　次の日はなんだったっけ？

　特に学習する内容は書かれていなかったような。

　そして最終日は再び学校に戻ってきて学習。と。

「続いて明日の持ち物についてです。スマホは持ってきても構いません。着替え。食べ物は自由。持ってくるお金は上限なしです。各自でよく考えて、適当な額を持ってきてください。なお、当日に現金がある程度は支給されます」

　たしか、ご飯代は無料だったはず。その分のお金をもらえるのだろう。

　でもお小遣いも上限なしで食べ物も自由なんて、緩いんだな。

　手元にあるしおりにも同じことが書いてあって、口頭で説明しなくても十分わかるのだけれど。

「持ち物は以上です。質問がある人はいませんか？」

　ある生徒が手を挙げた。

　マイクが手渡される様子を遠くから、私は見ていた。

「筆記用具や教科書はいりますか？」

「いりません。こちらで……用意します」

「わかりました」

　勉強するのにその道具もいらないのか。

　なんでもかんでも揃えてくれるなんて、親切なんだなあ。

　それから少し口頭での質問の時間が取られ、説明は終了した。

　具体的な時間設定もしおりに書いてあったから、大丈夫だろう。

　教室に戻ると、複数人が帰ってきた私たちを見て『すごい』とでも言いたげな目をしていた。

　遠足という娯楽も犠牲にして勉強に取り組むって、すごいことなのか。

　なんだかうれしいな。優等生、って感じだ。

　その日の帰り道には、明日のための軽食を買って、家に帰った。

　緊張、するなあ。

　いったいどんな合宿なのだろう。

　あわよくば友達も作れたりしないかな、女子も受ける人は多かったから。きっと辛いこともあるけど、充実しているんだろうな、って。

　合宿１日目。

　朝早くに着替えや現金などの貴重品を先生に手渡し、現時点で必要でないものは回収となった。ホテルまで無料で

運んでくれるらしい。

スマホは持っていて、通学カバンに軽食とともに入れておいた。もちろん普通の生徒はどちらも持ってきてはいけないし、このことは他言してはいけないけれど。

私たちのためにいろいろな準備があって、スケールが大きいんだなあと感心してしまった。わくわくもした。

頑張ってね、とまわりの席の女の子に言われた。私、すごいな。

本当に、今ならどんなことでもできそう、ってぐらいやる気で満ちあふれている。

昨日はわくわくしてあまり眠れなかった。

合宿を受ける生徒のことを『特待生』と誰かがふざけて言っていたのを思い出す。これからはそう呼ぶことにしよう。

特待生のための最後の授業は、保健。

健康を祈って、とのことで感染症予防のワクチン接種が無償で行われるのだ。

本当のお医者さんも来ていた。

私たちは順番にワクチンを打って、それぞれのホームルーム教室に戻った。私のクラスは私以外に5人いた。

特に仲のいい人はいなかったけど、教室に戻ってみんなが揃った時、「一緒に頑張ろう」と言ってくれた男の子がいた。

普通の生徒は下校したため、すでにいなかった。合宿の正式な開始は17時。

　まだあと30分もある。

　と思っていたら、ここで放送がかかった。

〈合宿参加希望のみなさん、こんにちは。ただいま、全校
生徒の下校完了の確認をしております。もうしばらくお待
ちください〉

　先生の声だろうか。

　そんな気がする。

〈鍵は施錠してあるため学校からは出られません。また、
１階に下りることもできません〉

　どうして施錠？

　１階に下りることができない、ということは、何か１階
を使えない事情があるのだろうか。

　ほんやりと、そんなことを思った。

　なんだろう、頭がふわふわする。

「おい、こっち来てみろよ！　本当に下りられないぞ!!」

　廊下からそんな声がして、私は席を立った。他のクラス
の生徒も廊下に出てきた。

　階段を上から覗いてみると、たしかに塞がれていた。イ
スや机でバリケードのようなものが作られていたのだ。

　なんだか、嫌な予感がしていた。

　こんなことまでする必要があるんだろうか。

　まるで私たちが学校から出られないように、勉強から逃
げられないように、閉じ込めているみたいだ。

　なんか、変じゃない？

　そう思っているうちに、30分がたった。

　他の生徒も不安がピークになってきていた、その時だった。

　再び放送が流れたのだ。

　それは本当の "最後の悪夢" の始まり。

〈準備が完了しました。今回は参加したみなさんの成績から判断し、運動能力向上のためのカリキュラムといたしました。黒い服を着た鬼（おに）が１体います。明日の朝７時まで逃げてください。健闘（けんとう）を祈っております〉

2.鬼ごっこ

こういう時の私は、本当に弱かった。

自分に酔っていると、ろくなことがない。

体育は私の成績で唯一【4】のつく苦手な教科。

今、ほんの数メートル先に黒いフードを被った鬼が現れて、腰を抜かしている私は、本当に本当にバカなのだ。

地面に腰を落としたら、鬼はこちらに向かってきた。叫び逃げ回る生徒。

それもそのはず。

鬼の手には、窓の外の夕焼けを反射する銀色の、鋭いナイフが握られているのだ。

ぺたりと床に座り込んだら、頭が真っ白になって、ああダメだと思って、まわりの景色が急にスローモーションになった。

私、死ぬのか。

こんな、ことが……あってたまるか。

そう思った刹那、後ろから「旭さん!!」と私を呼ぶ声がして、私ははっきりとした意識を取り戻した。

次にまばたきをした時には、私は立ち上がって、今度は無意識のうちに走り出していた。

振り返れば、私より先に捕まって悲鳴を上げた女の子の喉に向かって、鬼がナイフを突き立てようとする動作。

私はすぐに目線をそらし、まっすぐに無我夢中で走った。

それからいったいどれくらい走ったか。

元いた場所であるクラスの教室のある3階建ての1棟と、理科室や図書室など、特別教室のある同じく3階建て

の2棟の2つに分かれるこの学校。

　エレベーターは故障し階段は塞がれ、1階には下がれなかった。

　鬼が来ていないとわかって安心したら、そこは2棟の最上階。非常階段はあり、おそらく2階には下りられるが1階まではいけない。

　荒い息をして咳き込む。血が沸騰しているみたいな勢いで体中を駆け巡っていた。

　落ちつけ！　落ちつけ。

　思っていた以上に……いや、こんなこと、想像もしていなかった。殺しに来ている。私たちを、殺し……。

「はあ……はあ、はあ……ゲホッ」

　咳をしたら気づかれるんじゃないか。居場所がバレるんじゃないか。

　よくわからない不安ばかりわいてきた。こっそり腕時計を持ってきていたから、腕につけた。まわりを警戒しながら、慎重に。

　どこからか悲鳴が聞こえてくる。

　体の感覚がおかしい。

　熱い。ぐらぐらと視界が揺れて、立っていられなくて再び、その場に腰を落とした。

　いきなり走るからだ。

　こんなの……体育の苦手な私からしたら圧倒的に不利だよ。

　やっと息も落ちついてきた。

　時刻はまだ５分もたっていない。

　こんなのが、朝の７時まで続くなんて……!!

　そう思っていたら、足音が近づいてきた。鬼？　いや、それは……まずい。

　頭が高速回転を始める。

　指を噛む。

　冷静になれ。冷静になれ。

　逃げるとしたら非常階段から下りて２階に。追いつかれるかもしれないけど、隣の理科室に逃げるのはリスクが大きい。

　２階に下りて挟みうちされるわけでもない。鬼は１体だけだ。

　そう思っていたら黒い服が見えたので、私はすぐに非常階段に続くドアを開けて下に下りた。

　とにかく走り階段を下りると、２階には他の生徒が。サアッと血の気が引いた。

　まずい、まずい！

　心の中で叫ぶけど、とっさのことで声も出なかったのだ。

　私の思いが通じたのか、他の生徒もすぐさま逃げ出した。２階には渡り廊下がある。でも隠れるのもアリなのか。

　逃げていく生徒を見ると、まだ突き当たりの角を曲がるまでは時間がある。もしかしたら……。

　とっさに階段を下りて真横の、美術準備室に逃げ込んだ。

　ドアをすばやく静かに閉め、すりガラス越しにわからないように姿勢を低くすると、内側から押さえる。

　すると、ドアの奥を黒い影が走っていくのが見えて、「ひ」と思わず声が漏れた。続いて、女子の悲鳴がサイレンのように響く。

　廊下を走って逃げていった生徒を見つけたのかもしれない。私より先に鬼の視界に映ったのかも。そしてそのまま追いかけていったのだ。

　他の生徒には申し訳ないことをした。

　たしかにそれは鬼だった。

　今度はドアを挟んだほんの数十センチ先。

　心臓が、早鐘を打っている。

　頭の回転が早くてよかった。死ぬかと、思った。

「う……」

　気づけば涙が流れていた。

　怖くて怖くて、自分で自分の肩を抱いた。なんで、こんなことになったのか。

　小さな窓から明るい光が漏れて、埃っぽい準備室の中を照らした。肖像画の模写、プラスチックでできた石膏像のようなもの。

　大きな机の上に散らばった紙、木屑。削りかけの木。

　木のような、ボンドのようなペンキのような。とにかくいろいろなものの混じったような独特な臭いがした。

　並べられた彫刻刀。その中で私は1つ、カッターナイフのようなものを盗んだ。護身用だ。

　とりあえず準備室が、思っていたより広いから、この机の下に隠れよう。

　ドクドクドクドクドクと心臓の鼓動（こどう）が鳴りやまない。

　何も考えたくない。

　苦しい……！

　流れてくる涙をぬぐう。

　ポッケに入れた彫刻刀がきらりと光る。これで、私、人のこと刺（さ）したりするんだろうか。

　怖い。怖い怖い怖い。

　私、何も悪いことしていないのに。

　成績だって優秀だ。今までいい子だった。なんでもできるはずだった。

　でもできないことだってあったよ。

　私がどんな人なのか、このデスゲームみたいな合宿でバレるのか。そんなの、もう、ただの地獄（じごく）。……悪夢。

　心の中で散々文句を言い散らかして、思う。

　他の人のことなんか構っている場合じゃないのに、今ものすごく誰かに会いたいんだ。

　寂しいよ。助けてほしい。

　どこの誰でもいい、って。

　そんなこと考えてしまう。

　私本当に、こんなに自己中だったっけ？

　ああ、嫌い。嫌いだ。

　こんなの嫌だ。

　自己嫌悪（けんお）にさえ絶望する。

　そのまま何もないまま、時刻は18時をすぎた。

　鬼が１体とはいえ、１階が使えない以上範囲（はんい）は相当狭い

はず。

見つからないのは奇跡だ。もしかして、鬼は教室には入らないのだろうか?

いや、そんな都合のいいことあるわけ……──。

ガチャ。

息が止まりそうになったのは、紛れもない、準備室のドアが開いたからだ。

足音は聞こえなかった。机の下で、じっとする以外他になかった。顔を伏せて、身を小さくして気配を沈める。

はいている靴を見ていなかったから、もしかしたら生徒かもしれない。ただ、違ったらもう……。

ドクドクドクドクドクドクドクドク。

心臓が、痛い。

今、みんな、どこで何をしているの。

ちらり、と少し顔を上げれば、そこには自分と同じ色のスリッパが見えて。

でも、でも、もしこれをはいているのが鬼だったら、って思うと、怖くて。

次の瞬間、机の下を覗き込んで笑ったその顔に驚いて、私は思わず悲鳴を上げてしまった。

「きゃああああああああああ!!」

もうダメだ、とぎゅっと目をつむる。

走馬灯も何もない。何も思うこともできない。

頭が真っ白で、ただ真っ白で、殺される時に人はなんにも感じられないんだと思った。

　でも、待っていてもナイフで刺されるような、鋭い痛み
は訪れなくて。

「旭さん」

　私を呼ぶ声に、何か違和感をいだいて目を開く。鬼じゃ
ない？

　それに、この声。さっき、私のことを呼んで助けてくれ
た声と同じだ。

　視線の先には赤色のスリッパ。そして、そこに書かれて
いた名前は、私の知っているあの人物だったのである。

「入川くん……」

　私が名前を呼ぶと、「はい、そうです」と頭上から声が降っ
てきた。

　ああ。そうだ。

　入川、入川くん。

　鬼じゃないよ。

　その瞬間、なんともいえない安堵と喜びが胸の奥から込
み上げてきて、また涙が出てきた。

　本当に誰でもよかった。

　自分勝手でごめんなさいって思っている。

　私のことを守ってなんて言わないから。もう本当に、た
だそばにいてくれるだけでいいから。

「ごめんなさい……」

　泣きながら謝る私に、

「大丈、夫？　よかった無事で」

　入川くんがそう言ってくれたから、また涙が込み上げて

きてしまった。

　感動の再会とまではいかないし、1年前に彼が私に告白してくれたまま自然消滅、という気まずい仲。

　だけど今再会するには十分の、小さな縁だった。

「俺のこと覚えてる？」

「はい。1年前ぐらいに……あの……」

「うん、いいよ。恥ずかしいから」

　入川くんが赤面して苦笑いした。

　こんなこと話している場合じゃない。

　でも、現実逃避したくて仕方がないんだ。怖くてたまらないんだ。

　そんな再会も束の間、がらがら、と引き戸が開く音がした。――隣の、美術室。

「来た？」

　囁き声で入川くんが言う。

　私は静かにうなずいた。

「まとまってると危険かな。別れて、大丈夫？」

　入川くんは、お互いの身の安全のためにもここで別れることを提案した。私はもちろん反対だった。

　1人ぼっちになりたくないと思った。でもそれはわがままだから……。

　急かされる空気の中私が、意を決して『そうしよう』と言おうとしたのだけれど。

「いや、違うな……俺、本当は、マジで守ってあげたいんだよ。クソ……カッコ悪いな」

「え？」

　なぜか入川くんが1人で葛藤していた。

　そんな場合じゃないのに、と思ったけれど、次に入川くんが言い放った言葉は、

「俺、守るよ。一緒に逃げよう」

　入川くんは私に連絡先を交換するように頼んできた。

　私はびくびくしながら、スマホをポケットから出して彼の言うとおりにして、連絡先を交換した。そして、

「今はお互いのために別れる。でもスマホ見ておいてほしい。連絡する」

「うん……」

　ドアを開けて、私は非常階段のほうに出るように言われた。入川くんは左に続いていく廊下のほうに行くらしかった。

　さっき言われたことも、何がなんだかわからないまま。でも……私のこと、守ってくれるって、言った。

　入川くんが走り出すと、私も外の非常階段に続くドアを開けて走り出した。「こっち来いよ！」入川くんが叫ぶ。

　鬼を引きつける気なんだ。

　ありがとう、と言いたい気持ちをぐっと押さえて、階段を駆け上がっていく。

　早く逃げないと、そして連絡を待つんだ。

　彫刻刀の入っている側とは違うほうのポケットに入れたスマホの重みが1段1段のぼろうとするたび、重力に従ってブレザーの生地を引っぱろうとする。

　今はその重みさえ、小さな希望だ。階段を上り終えると今度は一直線に走る。

　鬼の足音を聞くため、途中の女子トイレに逃げ込んだ。

　足音は……うん、来てない。

　スマホを取り出すと、私は入川くんの連絡先の画面を開いた。まだ連絡は来ていない。でも、大丈夫だ。

　さっきより心強いから。

　私は１人じゃないって、思えたもの。

　震える両手に握りしめた、私の希望。

　入川くんが私を守ってくれるなんて、私は恵まれている。うれしい、本当に……。

　窓からは日が落ちかけて、赤く染まった空が見えた。これ、19時くらいになったらどれぐらい暗くなってしまうんだろう。

　真っ暗なのに逃げられるんだろうか。それに、まだ夕食も取っていない。

　とりあえず、入川くんとまた合流してから決めよう。夜が明けるまでどこでどうやり過ごすとか、決めなきゃいけないし。

　期待と恐怖で心がぐちゃぐちゃだ。今、鬼が来たら私、どうすることもできないだろうな。

　私はトイレの個室に鍵をかけてこもり、スマホを握って何度も電源をつけたり消したりして、入川くんの連絡を待っていた。

　トイレの中は電気をつけていなかったから、小窓からあ

ふれた外の光が唯一の明かりだった。

だんだんだんだん、明かりが消え、暗くなっていく視界。

いつ死ぬかわからない恐怖に怯え、連絡が来る期待に溺れ、強く強く私は、1人でただひたすら祈り続けていた。

けれどそれからいくら時間がたっても、入川くんからの連絡が来ることは、一度もなかった。

──寒い。暗い、お腹がすいた。

入川くんからの連絡を待つうちに、スマホの電池はどんどん減っていった。

スマホのライト機能を使うと電池の消耗が激しいというのはよく聞いた。だからもしライトを使うとしても、使えるのは非常時のみ。

下手に使えばその光の明るさで、鬼に居場所を特定されてしまう。

時刻は19時。

なんとか、30分以上その場でしのぐことができていたのだ。

怖くて、怖くて、ずっと連絡を待つだけが頼りで。でももう期待ばかりして、なんで来ないのって絶望して、辛くなってきてしまった。

入川くんは、死んだのかもしれない。

刺されてしまったのかな。私のせいかな。

軽々しく言うようだけど、あの刃物が体に食い込んで肉を切り裂いて、臓器に刺さって抉ってひどい痛みにもがき苦しむ様子は、容易に想像できてしまった。

　泣きそうになって、大丈夫だと自分に何度も言い聞かせて耐えた。極限状態。

　低い唸（うな）るような音で、たまに空っぽのお腹が鳴るだけ。

　教室でもないから時計の音も聞こえない。用を足しても流すことはできなかった。というか、その時点で見つからないかが不安で仕方がなかったんだ。

　静かすぎて怖いんだ。

　足音さえ消してしまえば気づかない。今目の前に鬼がいても私は気づかない。

　今目の前に鬼がいたらどうしよう。

　鍵を開けられたら。

　扉（とびら）を叩かれたら。

　考えただけで体の震えが止まらない。

　ごくたまに誰かが下の階の廊下を走っていく音がして、それがまた私を恐怖させるのである。

　頭がおかしくなりそう。

　指を噛んで正気を保とうとする。指の腹を噛む度にその痛みで、生きていると実感する。

　息が荒い。フーフーと自分の息の音と、唾（つば）を飲み込む音だけがするんだ。

　ごめんなさい。

　私が参加するなんて言ったから。

　やめておけばよかったんだこんなこと！

　先生も止めようとしてくれていたんだ。でも私が、甘く見ていたから、こんなことに。

腕時計の秒針を食い入るように見る。あと何時間だ？

時計の針が１周？　つまり12時間。

12時間あったら私なんて簡単に見つけられてしまう。

どうしたらいい？

どうしたらいいどうしたらいいどうしたらいい。

ガチガチと歯の根が鳴る。

寒い。夜の学校がこんなに冷えるなんて思わなかった。羽織るものや中に着るものがあればよかった……。

ああ、そういえば、この中学には屋上に続く梯子のようなものがあったな。

勇気を出して、そこに行ってみようか。でも上れなかった気がする。そもそも屋上に行くのは禁止されているから、高さがあって上りにくい設計になっているのだ。

先生なら上れる。私は、ぎりぎり？　なんとか腕の力で上れないかな。

でも上っている途中で鬼が来たりしたら、私は簡単に死んでしまう。でも、でも、そんなことを言っていたら今だって危ない。

なんなら今のほうが危ない。

長い時間、鬼が来ていないなんてありえない。そろそろ見つかる。

私はトイレを出ることを決意した。２棟の３階。目指すのは１棟の３階の屋上へ続く梯子。

ここからはかなり遠い。

一度２階に下りて、渡り廊下を渡ってもう１つ上の階に

上らないと。

　逃げられる廊下のほとんどを使う大移動。ハイリスク。死ぬ気で行かなきゃ。

　立ち上がってスマホをポケットに入れ、震える足をさする。彫刻刀を片手に目を閉じたまま、個室の扉を開ける。

　ドキドキしながら数秒待って、ゆっくり目を開き、何もいないことを確認する。慎重に、慎重に。

　長時間暗いところにいたおかげで、暗闇に目が慣れていた。ライトがなくてもなんとか進めそうだった。

　ゆっくりとだけど、足を進めて確実に前に進む。トイレから出る前には耳を澄ませて、足音が聞こえないか確認をする。

　たぶん、憶測だけれど。

　あの黒の鬼は、わかりやすい行動をする。

　静かに音を立てずに歩くこともない。走るけど待ち伏せや隠れたりはしない。

　そんなことをされていたら、今ごろ私は死んでいただろう。

　つまり頭は使わない。

　今回は正真正銘の体力勝負。

　頭を使わないのなら、大丈夫。こちらが頭を使えばいいんだ。

　それならいっそ、鬼を殺してしまったほうが……。

　……いや、そういう考えはよそう。

　間違っても人を殺すようなことはしてはいけない。

　これが国の考えたカリキュラム？　これから何が学べる んだ。

　人殺しとなれば成績以前の問題だ。もし成績に影響がな いとしてそれが許されるとしても私は、絶対にやらない。

　私以外の誰かがやるかもしれない。

　それに任せるわけではない。

　そういうのは、間違っていると思うから。

　移動が上手くいったのは渡り廊下前までだ。つまり１階 下がった２棟２階。

　迷ったのは、渡り廊下に大きな窓がついているため、校 舎のどこからでもこちらの様子が見えてしまうのである。

　またもや近くのトイレに避難したのだけれど。

　こればかりはもう仕方がない問題だけれど、姿勢を低く して走れば渡りきれないわけでもない。

　ただ、もし渡りきった先に鬼がいたらと思うと……。い や、私は少し被害妄想がすぎるかもしれないな。

　鬼がいたら逃げるか隠れるか。そもそも現時点で鬼がど こにいるのかわからない。

　……。

　というか、さっきから思っていたけれど、誰かが殺され ていたとしても死体の１つも見当たらないし、鬼以外の人 の気配を感じない。

　もしかして、私以外に生きている人がいない？　そんな、 まさか。

　頭が混乱した。

　入川くんが死んだとして、でもその死体さえ見ていない。血の1滴も。そりゃあ見たくはないけど、でも、見ていないと逆に不安に……

　パタ。

　パタ。

　パタ。

　はき物とリノリウムが触れる音。

　足音だ、と悟るや否や、ゾッとして全身に悪寒が走る。鳥肌が立ち、ようやく落ちついてきた鼓動がまた速く血液を打ち出す。

　音が反響してよくわからない。

　どこにいる？　鬼？　生徒？

　目の前とか、言わないでよ……。

　今私がいるのはトイレだが、その中でも個室ではない。ドアの隣の壁にもたれていたけれど、ここでは鬼が入ってきた瞬間に見つかってしまう。

　ただ、移動する時に音を立ててればバレてしまう。もうすぐそこまで来ているのはわかっている。

　廊下にいるんだ……渡り廊下か、私が来た2棟側か。

　私はその場に固まって、ただ息を殺すことにした。もし、何かあっても、追い詰められて終わるぐらいなら少しぐらいは抵抗しよう。

　もういつまでもスマホを片手に祈っている場合じゃない。入川くんは……私のこともう守れないんだから。

　誰も私のことなんて守ってくれないんだから。

覚悟はしていても、目には涙が滲んだ。

もうあたりは夜に落ちていく。暗い視界。

すりガラス越しに消火栓の赤いランプが見える。すぐ、それを黒い影が覆った。

すぐ、先に、ドアの前に、鬼が。

ドク、ドク、ドク、ドク。

心臓が、震える。

彫刻刀を握る手に力がこもる。

鬼はドアの前で立ち止まっているように思えた。1秒1秒が永遠のように思える。

1つ楽に息をすることさえ憚られる。

幸い、鬼は目の前を通りすぎて2棟に行った。

私が向かっているのとは反対方向だったから、少しして鬼の気配が消えたあと、私はすぐにトイレを出て、2棟の3階めがけて走った。

スリッパをはいていると音が立つから、脱いで彫刻刀を持つ手とは違うほうの片手に持って。

今がチャンスとは思いながらも、もし屋上へ行けなかったら、という不安が頭をよぎる。

もし、鍵がかかっていたりしたらどうしよう。また同じようにどこかに隠れて怯えながら、ずっと祈っているのか。

そんなの嫌だ。

もうこれに賭けるしかないんだ。

ご飯だって、お腹はすいても食べていられるほど暇がないんだ。

　せめて体を休める場所だけでも。

　屋上へ続く梯子の近くの階段を上っていく。

　そこで私は、思ってもいなかった光景に遭遇した。

　屋上へ続く梯子の上の扉から、かすかに明かりが漏れている。これは……誰かがいるということ？

　私はすぐに梯子に手をかけて、踏ん張った。自分の力で体を持ち上げて、もう1つ上の棒に掴まって、足を引っかけようとする。

「ぐ……っ」

　足がぎりぎり届かない。

　全体重のかかる梯子はミシミシと音を立てる。もう1つ、上に。

　と、思ってもう1つ上の棒に手を伸ばした時だった。

　上の扉が開いて、そこにいた人と目が合った。

「うわ……！　生徒……え、大丈夫か？」

　その人物があまりにも大きな声を上げたから、私は驚いて手を離しそうになった。

　男の子。生き残っている生徒。

　鬼が来ないか不安で、懇願するように私は言う。

「おね、がいします……！　入れ、て、ください……!!」

　体を支える腕も限界に近かった。

　足が上がらない。腕が、痛い。

　ダメだ、と思ったら、その人が「入れるよ、入れる。足引っかけて上がれる？」と私に向かって言った。

　私は首を振る。そしたらいったん下りて、と言われたの

で、私はいったん手を離して下りることに。

　中からは背の高い生徒が１人出てきた。

　あたりが暗くて顔はよく見えないけれど、さっきとは違う声の男の子だった。

「鬼いる？」

「いや、今は遠いはずです。２棟で……」

「肩車しても大丈夫？」

　低い静かな囁き声。

「はい、すみません……大丈夫です」

「捕まってて」

　男子生徒の首回りに足をかけて、座ると、壁に手をつきながら立ち上がる。

　ぐっ、と思いきり天井に突き上げられたみたいに体が持ち上げられて、思わず声が出そうになった。

　私重いだろうな、迷惑かけていないかな。鬼が来たらどうしよう。

　こんな短時間でさえ不安で不安で仕方がない。

　彼は本当に背が高かった。簡単に梯子に移るとすぐに中に入れてもらえて、彼もまた１人で梯子をすぐに上った。

　どうやらここは、屋上との間の隙間の空間で、いわゆる屋根裏部屋のようなものらしかった。

　見れば、たくさんの生徒が身を寄せ合っている。人気がないと思ったら、ここにみんなで隠れていたのか……。

　知らなかったな。

　みんな、団体で動いていたのかもしれない。

　最初にバラバラになったと思っていたけど……バラバラになったのは私だけだったのか。

　なんだか仲間はずれにされたような気分だった。

　身を寄せ合っている女の子たちの中に仲のいい人はいない。けれど私も混じりたかった。

　ざっと見たところ同じクラスの人はいない。顔を知っている人はいても、特別仲のいい人はいなかった。日ごろからそんなものだったけど。でも……私は本当に1人ぼっちなんだ。

　1人のスマホのライト機能のおかげであたりは明るかった。けれどこれじゃあ、鬼にもバレてしまうんじゃ……。

「あの……下に光が漏れていたから、危ないんじゃないですか」

　私はライトを使っている女子生徒に話しかけに行った。彼女とそのまわりには、2人の女子生徒がいた。

「え、そうなんですか？　切ったほうがいいかな」

「でも切ったら暗くて何も見えないよ……」

　1人が怯えたような声でつぶやいた。

「我慢して切ろう。電池も無駄になっちゃうよ」

「うん……そうだよね」

「ありがとうございます。教えてくれて」

　私が注意したにもかかわらず、笑ってお礼を言ってくれた彼女。いい人だな、と心が温かくなった。

「いえいえ」

　私も笑って返した。

　時計を見れば19時15分。

　合宿開始から２時間以上がたっていた。

　なんとか、ここまで逃げることができた。ただこれでまだそれだけの時間しかたっていないのだ。

　どこかで「あれ旭さんだ」「学年１位の人でしょ」と聞こえたような気がした。

　私は何も聞かなかったフリをして、別の場所に移動して１人で座ることにした。

　ようやく、とりあえず、一息つくことができるのである。

　座るや否や、ふとあることを思い出した。

　さっき助けてくれた人に、お礼を言わないと。私はさっきの彼を探すことにした。

　背の高い人。髪は……長め……だったような。

　天井が低いので屈みながら、人のいない場所を進んでいく。出口付近の人なら知ってるかも。

「どうしたの？」

　うろうろしていたからか、声をかけられた。

「あの……さっき上るのを手伝ってくれた人……って」

「俺……に、用？」

　一瞬、沈黙があった。

「あ、ああ……！　そうだったんですね、ごめんなさい」

「ああ、うん、そう」と、彼もまた戸惑った。

「さっきは手伝ってくれてありがとうございました。助かりました、本当に」

　私がお礼を言うと、

「旭、だっけ？　名前」

　なぜか名前を尋ねられた。

「え？　あ、はい。そうです」

「旭……さん。学年1位じゃん？　なんで受けたのこんな合宿。成績オール5でしょ？」

　どうしてそんな嘘が広がっていたんだろう。オール5ならここにいないでしょう。

　私は、言うべきか迷ったが、彼には親切にしてもらったから、話すことにした。

「……体育だけ4なので」

　また、沈黙。

　彼は申し訳ないと思っているんだろうか。

　成績優秀な学年1位が体育が苦手、なんて。文武両道のイメージも壊れただろう。私のイメージが壊れる。

　だからこんな話したくなかったんだ！と心の中で頭を抱えた。

　が、彼の反応は予想外のもので。

「それだけのためにこれに参加したってこと？」

　かなり、驚いていた。

　そんなに驚くことなんだろうか。

「うん、そうですね」

　オール5を狙っていた。

　これでしか体育の成績は上げられないから。無駄なんかじゃないよ、私には、必要なもの……だよね。

　こんなものと知っていたらそりゃ、参加してなかったよ。

自分に不利だから。

「棄権とかできないわけ？　そんな……」

「え？」

「……」

　彼は私のことについて、何か言いたげだった。でも、上手く言えないのか、言葉を詰まらせていた。

「いや、でも。よくここまで逃げてこられたな。まさか……うん、ホント、すげえな」

「ありがとう……ございます」

　褒められて、なんだか泣きたい気持ちになった。今日は泣いてばかりだけど。

　私、なかなか頑張ったよね。

　入川くんのこともあったけどさ、合宿終わったら付き合えたらいいなとか思っていたけどさ。そんなの甘かったよね。

　目に滲んだ涙を、泣きそうになっていると悟られないようにさりげなくぬぐって、私は尋ねた。

「あの、名前だけ。教えてくれませんか」

「凛上。あと、敬語じゃなくていい。同い年でしょ」

「うん」

　それから凛上は、両手の人差し指を唇の前でクロスした。

「もう、喋らないでおこう。他の人の迷惑になる」

「……はい、すみません」

　私が謝ると、凛上は何かをほそっと小さな声でつぶやいて、くすりと笑った。

　何を言ったのかはわからなかったけど、暗闇の中でかすかに見えたその優しい笑顔に、心が高鳴るのがわかった。

　……でも、そんなこと、ダメだ。

　私は、惚れっぽいし、危機感がないから、危ないんだよ。

　成績のために今、命をかけている。

　死んでも狙いたかったオール5だ。

　絶対に落としてたまるもんか。

　捕まって、殺されてたまるもんか。

　トイレは衛生面が気になったが、安全を優先して屋上を共用としてそこですることにしていた。

　この空間では緊張感もあれば安心感もあった。

　神経を張り巡らせていても、その後22時まで鬼が来ることはなかった。

　度々足音が聞こえては怯え、聞こえては怯えを繰り返した。でも見つかることはなかったのである。

　女子は疲れてしまって、または恐怖を忘れてしまいたくて、眠る子もいた。

　心強いことに、一部の男子が見張りをしてくれた。

　こういう時に自分を犠牲にして守ってくれる人がどれだけ頼りになるか、希望になるか痛いほどわかる。

　普通ならできないことだからこそ、だ。凛上もその中の1人だった。

　私は眠りたくても眠れなかった。

　いつになっても、いつ襲われるかわからない恐怖が抜け切らなくて。

　誰かと身を寄せ合うこともできなくて。

　腕時計を見て時計の針が進んでいくことをただ呆然と、1人で確認するしかなかった。

　それで対策でも練っておこうと思って、ずっと妄想していた。

　もしここがバレたら屋上から飛び降りないといけないのか、と考えていた。

　最悪ここに鬼が入ってきて、みんなが混乱しているどさくさに紛れて、ここを抜け出して。またかくれんぼを続ける、なんてことも考えていた。

　あたりが寝息を立て始めて、見張りも眠り始めて。どう見てもみんな気が緩んでいる、今が危ない、とずっと考えていた。

　けれど偶然か必然か、奇跡か、その後、鬼がこの隠れ場を見つけることはなかった。

　鬼ごっこの終わる時刻。朝が来たのである。本当に奇跡のように思えた。

　7時が訪れれば、床越しに放送が聞こえてきた。

〈お疲れさまでした。午前7時をお知らせします。鬼は行動不可となりました。各ホームルームのクラスに朝食が用意されていますので、食事は自由に取ってください。繰り返します……〉

　窓もない空間では朝の明かりは届かなかったけれど、誰かが屋上への扉を開ければ青空が覗いた。

　7時になる前に起きて祈り続け、カウントダウンをする

生徒もいた。

　私も１秒１秒、その時を待っていた。

「やった!!　よかった……！　生き残れた……っ」

「マジで見つかんなくてよかった……運がよかったな」

　放送がかかった途端に思いきり歓喜（かんき）の声が上がった。安堵のあまり泣き出す生徒もいた。

　泣き声や喜ぶ声がいくつも上がる中、終わった、と私は静かに１人でつぶやいた。

　疲れたかもしれない……。

　固い床に横になっていたせいで体が痛い。

　眠気（ねむけ）もある。徹夜（てつや）して勉強した時と同じ。

　最近は規則正しい生活をしていた。

　かえって頭がさえわたるような危ない感覚があった。別に１日くらい寝なくても大丈夫だろう。……いや、昨日は緊張して眠れなかったから２日は寝ていないのか。

　仮眠（かみん）くらいは取らないと。

　１人ずつ、あの梯子に続く扉から出ていった。

　扉からは廊下のリノリウムに反射した淡（あわ）い白い光が、あふれていた。

　私も行かなきゃ、と思ったけど、思っているより体がボロボロで、動く気になれなかった。

　そしたら扉の近くにいた凛上が、少し遠くにいる私を見つけて手招（てまね）きした。「もう出れる」と言っていた。

　行かないと。

　扉まで這（は）うように、身を引きずるようにして行く。梯子

を下りて、1階分の階段を下りて、ホームルーム教室に向かう。

　私の教室には、私の机の上に"のみ"パンがいくつか置いてあった。

　……。

　食べる気になれなくて、私はイスに座って机に顔を伏せた。

　とてもいい天気だった。

　窓から差し込む日の光が暖かくて、空は清々しい青で。

　……。

　普通に勉強するんだと思っていたな。

　違ったのか。

　こんなことなら家にいればよかったんだ。

　1人で寂しいなんて思うんじゃなかった。

　こんな合宿で友達が作れるわけがない。

　そもそも合宿ですらない。

　ただのゲームだ。デスゲーム。

　友達なんて作ったそばから死んでしまう。

　隣のクラスから聞こえてくる笑い声やうれしそうな声が辛かった。同時に怒りもわいてきた。

　私のクラスは私しか生き残らなかったのに、なんで？

　クラスメイトの顔が浮かんでは消えた。

　ただ悲しくて、私は何も食べずに1人で泣いていた。

　7時半になると、また放送がかかった。

　8時には校門前に集合し、特待生とそうでない生徒とが

合流する。

　学校の駐車場に止まっているバスに乗り、次の目的地へ向かえ、との指示だった。

　いったい誰がかけているのか、と逃げている時はわからなかったけど、冷静に考えればわかった。私の学年団にいる先生の1人。女性教師。名前も知っていた。

　すべて、この合宿のために先生も尽くすというのか。誰も反対しなかったんだろうか？

　辞退も認められない。

　自己責任なんて、重すぎやしないか。

　国が決めたこと？

　本当にそうなら、こんなカリキュラムを受けさせられる生徒の気持ちを何もわかっていない……！

　でも……母にも父にも、相談していない私は、やっぱり私のせいなんだろう。

　国が決めたことなら警察に言っても無駄？　いや、でも、もし可能ならもうすでに対策は打たれているはずだ。

　何も助けが来ないのは、これが当然のカリキュラムだからなのかもしれない。

　……気が、重い。

　次の場所に行って、何がある？

　もう逃げ場なんてどこにもないんじゃないだろうか。

　普通の生徒と合流した時、特待生の数を数えると、30人前後だった。元はたしか、40人くらいだったから、かなり人数が減っている。

　普通の生徒は私服だから数えやすかった。

　楽しそうに友達と笑う人もいれば私たち特待生を見て驚いている人もいた。

「……特待生はやっぱり違うな」

「遠足なのに制服っていうのもね。なんかすごいし」

　違うよ。

　違う……すごくない。

　なんでわかってくれないの、と叫びたい気持ちになった。

　他言厳禁。たぶん言えば殺されでもするんだろう。助かる手段なんてない。

　精神を殺されかけている今でも、きっと優秀な人なら乗り越えられるんだ。

　私は本当に優秀？

　頭がいいってどういうことだっけ。

「準備ができたのでバスに乗ってください！　すぐに出るので急いでください」

　わかんないな。

　この先体力か気力か、どちらかが尽きるのは時間の問題だ。

　その時は私も死ぬんだろうか？

　死んだら早く、この地獄から抜け出せるんだろうか。

　バスの中はカラオケで盛り上がり、ビンゴもあって賑やかで、とてもじゃないが眠れる状態ではなかった。

　休憩もとれないのか、とうんざりしたけど、クラスの中

では少数派の特待生の今、特待生だけのために何かが変わるはずもなかった。

　それほど偉い身分でもないから。なら、私は何を目指しているのだろう？

　疑問ばかりが次から次へとわいてきた。

　私はなるべく何も考えないようにした。

　考えても虚しくなるだけだと思った。

　目的地まではバスで2時間弱。

　ついたのは隣の市の有名な繁華街。

　そこから先生の説明があり、移動可能なエリアを教えてもらった。

　特待生は異常に範囲が広かったのを覚えている。

　まだ食べてない軽食の入った私の通学カバンには、現金も入っていたけれど、新たにそこで先生から特待生に、お金が手渡されることとなる。

　受け取って見てみれば、茶封筒の中には1万円札が3枚。目を見張る額だった。

　他の特待生も驚いていた。普通の生徒は「いいな」「何もらったの」と特待生に尋ねていたが、誰も口を割らなかった。

　こんな額をもらって何をするのか。

　服でも買えってこと？

　食べ物？　なんのために？

　こんなことをするぐらいなら、今すぐ合宿をやめて家に帰してほしい。

　私の他にもそう思った生徒がいたのか、お金を見て泣き出した人もいた。

　そんな生徒を先生が優しく宥める様子を見て、その異様さに絶句してしまう。

　自由行動になった10時半すぎ。

　普通の生徒の自由行動は15時まで。

　私は少し仲のいい人たちと一緒に繁華街を回ることになった。事前に決めていたメンバーだった。

　でも明らかにテンションにも差があって、他の３人は楽しそうにどこに行くかマップを見ている一方、私は隙あらば休もうなんて考えていた。

　ああ、でも、お腹も空いたかもしれない。

「みさきちゃんはどうしたい？」

　聞かれて本当に困った。

　休めることなら休みたい。

　でもそんなこと言ったら困るでしょう？

　私はあなたたちとは違うんだ。別に特待生だから偉いから、とかそんなんじゃなくて。ただ……。

　繁華街の騒がしい空気に触れているとだんだん、疲れが溜まっていく気がした。

　楽しそうに話す生徒が羨ましい。妬ましい。私もそうなりたい。

　でも普通の生徒として遠足に来ていても、心から楽しいと思えただろうか？

　私は３人とは友達じゃない。

　私がクラスで余り物だったからたまたま組んでもらえた
だけ。合わせて少し仲がよかっただけ。

　……私は、1人ぼっちなんだな。

「みさきちゃん、大丈夫？」

「え？」

「疲れてない？　昨日は勉強してたんでしょ。どこかで休
む？」

　メンバーの1人が話を持ちかけてくれたが、私は首を横
に振った。「大丈夫だよ」と笑うと、少し心配そうな目を
していた。

　とりあえず食べたいものを食べて忘れよう。次の招集は
まだかかっていない。

　楽しめるうちに楽しまなきゃ、いつか死んでしまいそう。

　12時をすぎてお昼を食べたあと、歩き疲れた私たちは外
のベンチで休んでいた。

　お土産をたくさん買っている3人とは裏腹に何も買って
いない私。

　買ったら荷物になるな、なんて考えてしまうから買えな
かった。

　喉が渇いたから自動販売機で飲み物を買ってこようと思
い、少しその場を離れた時だった。

「あ」

　ふと背の高い男の子と目が合う。

　無言で会釈すると、凛上もまた会釈して返してくれた。

　もうすぐそこに自動販売機はあったけど、向こうがこち

らに向かってきたので無視することはできず。

そして近寄ってきたものの話すこともない凛上は、会話を探すように少し考える素振りを見せてから一言。

「楽しんでる？」

ポカンと固まってしまった。

私はふっと笑ってから、答えた。

「楽しめるわけないよ。もう休みたい」

私の返答に意外そうな顔をして、もう一度凛上が尋ねてきた。

「体育だからきつい？」

「体力面でも気力の面でもね」

「しんどいなら無理しないでいいよ。息抜きしなよ」

騒がしい空気の中で、凛上の声がやけにはっきり聞こえた。

優しい顔だった。ときめいてしまいそうだった。なんだかなあ、胸が苦しいよ。

凛上はどこにもいそうでいない顔立ちをしている。

入川くんとはまた違った、不思議な雰囲気がある。声のトーン？　うん、そうかも。変な落ちつきがある。

これで中学3年生って感じ。

そして運動もできそう。まあ男子はみんなそうかもしれないけど。

背も高くて、目立ちそうで目立たなさそうで。

……こんな人うちの学年にいたっけ？

凛上、という苗字も初めて聞いた。めずらしい。

　なんか、謎だらけな人だなあ。

「うん、そうだね。そっちは息抜き上手そうでいいな」

「俺？　そんなことない。ヘッタクソだよ」

「ヘッタクソって」

　顔をしかめてそんなことを言うから、思わず笑ってしまった。

　心の中に火が灯るような感覚。

　初めて楽しいと思えた気がした。

　凛上が何かを探すように少しあたりを見渡す。

「旭さん、1人？」

　一緒にいた子たちのことか。ここからじゃ見えないだろうな、3人のことは。

「ううん、違うけど」

「俺は1人だよ」

　うん？　なんで？

「お友達は？」

「いると思う？」

　聞き返されて、少し、戸惑う。

　なんで？　学校で見張りしていた時、一緒にいた人たちは、友達じゃなかったの？

　仲がよさそうだったのに。

　いや、でも、仲がよさそうでも友達ってわけでもないか。

　……なんだか私みたい。

　妙な親近感がわいた。

「……」

　もしかしたら意気投合できたりして。

　そう思いながら凛上を見上げていたけれど、すぐに恥ず
かしくなって顔をそらした。

　と、その時だった。

「凛上〜」

　遠くから誰かが呼ぶ声がして、2人ともそちらに振り向
いた。

　どこ？

　人混みに紛れているのかわからない。と、思っていたら、
こちらに向かって一直線に歩いてくる私服の男子2人組が
見えた。

「あれー？　あそこにいるのって？」

「旭みさきさんじゃん！　学年1位の」

「バッ、カ!!　聞こえるだろ、もっと静かにしろ」

　……仲良しなんだなあ。

　聞こえているんですけど。

　なんとなく見覚えのある顔だった。廊下で何度もすれ違
うと顔も覚えるのか。そしてこの人たちは特待生ではない、
と。

　やっぱり友達と回ってたんじゃん！と思い凛上をちらり
と見れば、苦笑して「バレたか」と言われ。

「意地悪だね」

　口を尖らせれば。

「引っかかったのはそっちだけど」

　と笑われた。

　まるで自分には非がないみたいな言い方。

　勝手に期待してた私も悪いけれども。

「凛上、何？　口説いてたの？」

「さあ」

　私たちの元にたどりついた凛上の友達。そのうちの１人、茶髪で短髪の人にからかわれ、凛上はため息をつくように言った。

「旭さん、俺らと回りませんか？」

　眼鏡で長髪の男子に話しかけられる。

「友達を待たせてるので……ごめんなさい」

　私はなるべくやんわりと断れるように、へらっと笑った。

「旭さん困らせてんじゃねえよ！」

「別に困らせてねーよ」

　眼鏡さんと茶髪さんが乱闘を始めようとしている。個性的な人たちだ。でも争いは好きではない。

「ではまた」と言ってその場から離れようとした。その時。

「旭！」

　凛上くんが私のことを呼んだから、歩みを止めて驚いて振り返って。

　――ありがと。

　まわりが騒がしかったけど、口パクだったけど、そう言ったのがわかった。

　感謝される覚えはないのに。

　なんか、変な気分。うれしいんだけどな。

　お祭りのような明るい空気に、自然に笑みがあふれて溶

けていく。

　どこからか太鼓の音がする。笛の音がする。春のような
陽気。

　昨日の夜は寒かった。今では太陽が私たちを照らして、
眩しさに目を細めるんだ。澄んだ空の青の香りもする。

　疲れが、一瞬で吹っ飛んだみたい。

　体が軽い。

　淡い白のフィルターがかかったような視界。色とりどり
で鮮やかな景色。

　今はこんなにも世界が明るい。

　私はお返しに小さく手を振って、駆け足でその場を離れ
た。

　どうしてか、顔が火照って胸が熱かった。

　それから凛上と再会したのは、1時間後のこと。

　私は夢でも見ているみたいだった。

　何から話そう。

　あれから自動販売機で飲み物を買って、3人と合流した
のが13時。

　それからまた繁華街を歩き回って、1時間がたったんだ。

　普通の生徒の集合時刻は15時と言った。ただ特待生の集
合はかかっていなかった。そして招集の連絡さえも。

　昨日から今朝までのことを考えたら普通はおかしかった
んだ。

　何もないまま何時間がすぎたと思う？

　何が起こったのかさえわからない一瞬の刹那、目の前の、この人のたくさんいる繁華街に、１台の車が猛スピードで突っ込んできた。

　人の体は簡単に吹き飛ばされることを知っていた。

　例えば傘を振り回して当たった衝撃で骨も折れるし、あの柔らかな水の上に落ちたとしても高さがあれば死ぬ。

　撥ねられて、ひかれて、骨を粉々にされて頭から血を流し、腕や足は骨折してありえない方向に曲がる。

　血はドロドロと地面に流れ、割れた車のフロントガラスにもこべりついていた。

　悲鳴と驚愕の叫びが混在する。

　車に撥ねられた人を見た。衝撃で飛ばされて降ってきた。

　ドン、と重い衝撃が私にも走った気がした。

　ひかれた人を見た。綿の入った人形を潰すみたいに簡単に潰れた。引きちぎれる。細胞が破壊される。痛み。苦痛。

　肉体を破壊されるその感覚が、自分だったらと思うと体から血の気が引いた。

　一瞬だった。

　何人死んだ？

　車が、化け物のように思えた。

　あれは、本当にこの世のものなのか。人間の体を貪り食って吐き散らす化け物だ。

　悲鳴、悲鳴、悲鳴。

　黒い液体。赤？　なんだ？

　頭が混乱した。

体の平衡感覚が失われる。

横たわっている死体。血を流し痛みに呻く人。

瓦礫。砂埃。

変な、鉄臭い、臭いがする。

一生忘れないと思う。

いや、忘れないというか

「旭」

心の中から呼びかけるみたいな、はっきりとした声が、私を呼んだ。

意識が覚醒したみたいに、急に夢から覚めたみたいに、ハッとして弾けるように顔を上げる。

私はとっさに建物と建物の間に逃げて、耳を塞いで目を閉じていたのだ。そうして目を開いたらそこには、凛上が立っていた。

3.繁華街は黒

　当たり前だけど黒の学ランに身を包んで、肩には日の光の粒が積もって。

　目にかかるくらいの黒髪が、ふんわりと揺れる。その奥の瞳が私を捉えて離さない。

　吐息が震えた。

　私は、ようやっと、

「大丈夫。私、見てない」

　それだけ言った。

　思っていたより声が上ずってしまった。

　凛上は私のその言葉を聞いて安心して、「逃げよう」と、すぐさま建物の隙間の奥のほうへ歩いていくから。

　嫌な予感がした。私は自分のことなど何も考えていなかった。ただ考えたら負ける気がしていた。

　振り返ったらいけないと思った。

　立ち上がると、スカートについた砂を払って、カバンを持って凛上に続く。

　凛上が私の前を走ってくれる。今はただ、それだけが私の救いのようだった。

　だけどそれからすぐに私は、立ち止まってしまった。自分を騙しても、最後まで騙しきれなかった。

　あの光景が頭から離れなくて、だんだんだんだん気分が悪くなってきて、頭がくらくらしてきて。

　気づいたら視界がひっくりかえって、一瞬の浮遊感と、地面に打ちつけた体に走る、骨まで響くような鈍い痛み。

　それでも凛上にこんな無様な姿を見られたらと思うと悔

しくて、なんとか立ち上がろうとした。

　すごい、気持ち悪い。吐きそう……。

「大丈夫？　どうした？」

　凛上が遠くから私に気づいて呼びかけていた。

　ぐらぐらと視界が揺れる。寒気がした。

　「平気」と、無理やり笑おうとして、私はそのまま吐いてしまった。

　口からこぼれ出した吐瀉物（としゃぶつ）は、とっさに受けようとした自分の学生カバンの上に広がり、まわりの人の視線を集めているのがわかった。

　こんなこと、人前でさらすようなこと……！

　自分自身にひどく幻滅（げんめつ）して、頭が真っ白。

「マジでしんどいなら無理すんなって」

「……ごめんなさい」

　小さな声で答えたら、凛上が自分の学ランの上を脱いで、私にかけてくれた。それから吐いたものから視線をそらすように、促した（うなが）。

　体が熱かった。

「さっきの。車突っ込んできたの、見ただろ？　我慢してた？」

「……多少は」

「我慢ばっかりしても、いいことないよ」

　凛上がため息をついて、私の前にしゃがんだ。

「旭、真面目だからなあ」

　涙が、こぼれた。

　わかった。凛上はカッコいい。

　まわりの目とか気にしないんだ。

　1人だけこの世界の空気から浮いている存在。声を聞くと心が安らぐ存在。

　凛上の顔って本当にきれいだ。

　私を見つめる瞳が、毛布に触れるみたいに柔らかくて優しい。

　赤みのある健康的なその唇が緩やかな弧を描いてきゅっと、1つに結ばれている。

　心の中まできれいなんて。

　なんでこんなことに今まで気づかなかったんだろう。

　なんでこの人のこともっと早くに見つけられなかったの、私は。

「でも俺、お前を苦しめるんだったら、離れるよ？」

　私は嘘つきだね。

　凛上の隣にいると凛上のことを汚してしまいそうで怖い。それなのにこんなにも欲深い。

「ううん。迷惑じゃないなら、そばに置いてください……。1人になったら、耐えられない」

　涙をぬぐってから、願うように涙声でそう言う。

　凛上はそれを聞くと、なんだか自信がなさそうに眉を下げて、雫が落ちて弾けたみたいに静かに小さく笑った。

「……。はい」

　迷惑なんて一言も言わなかった。

　ただ1つうなずいて、黙って頭を撫でてくれた。

　落ちついたらその場から離れて、建物の隙間の小道に入った。

　昔ながらの雰囲気。

　横丁のような空間を再現したこの繁華街は、迷路のように道がたくさんあり、どこに行けばどこにつながるのかは見当もつかない。

　隠れるには打ってつけだけれど、隠れていてもダメな気がする。

　さっきの爆発といい事故といい、めちゃくちゃにされて関係ない生徒や一般人まで巻き込んで。いったい何が起こっているのだろう。

　凛上に学ランを返すと、私は学年主任の先生に電話をかけることにした。

　連絡先は通信に載っていたから、登録しておいた。何かあれば……いや、この合宿が始まってから、機会があればすぐにでもかけようと思っていた。

　3コール目で電話はつながった。

〈もしもし、△△中学3学年主任の平野です〉

「3年の旭です。平野先生、合宿について聞きたいことがありまして。今お時間大丈夫でしょうか？」

　はっきりとした口調で尋ねた。

　画面越しから声が聞こえてくるまで、少し間があった。

〈……。はい、どうぞ〉

「カリキュラムがどう見ても成績とは無関係だと思います。今からでも、中止にしてください！」

〈中止にはできません〉

　即答だった。

　もう最初から答えは決まっているとでも言いたげで、戸惑い、息をのんだ。

「どうしてですか?」

〈自己責任です。そう紙にも書きました。親御さんにも伝えてあるでしょう?　何があろうと中止にはしません。それに無関係かどうかはあなたが決めることではありません〉

「……何が起こっているのかわかっているんですか!?　殺人ですよ!」

〈許される範囲で行われています〉

　許される?

　これが許されるわけがないじゃないか。

　怒りと絶望で、言葉を失った。

　ただ淡々と、質問の答えをかわされている気がする。なんだ?　これ。

　話にならないなんて……。

　ぎり、と歯を食いしばる。

　何も言えなくなってスマホを握っているだけの私の肩を、凛上が叩いた。

　それから「スマホ貸して」と言われた。

　私はこれ以上何も話せないと思い、凛上にスマホを渡す。

「もしもし、代わりました。3年の凛上です。俺からも質問があるんですが、大丈夫ですか?」

　画面の向こうから声は聞こえない。

　今は隣にいる凛上の声しか聞こえないのだ。

　でもその凛上が唐突に、

「旭みさきさんは辞退ができますか？」

　なんて言うから、私は驚いて凛上を見てしまったのだ。凛上、何をするの？

　なんで私が？

　聞きたくて尋ねようとしても、凛上が自分の唇に人差し指を近づける動作で、制された。

　凛上は続ける。

「旭には正直なんの得もありません。受けたとして内申はそんなに変わらないでしょう？　辞退したとしても変わらないはずです。辞退させてやってください」

　ドクン、と心臓が深く脈を打つ。

　こんな、ことが、あるのか。

　どこまでこの人は私を大切にしてくれるんだろう……！

　目頭がまた熱くなる。

　私が辞退するよりも、凛上に辞退してほしいと思ってしまう。

「生徒の気持ちを考えたことがありますか？　かわいそうだとは思いませんか。

　なんなら俺の成績を分けてもいい」

　きっと凛上は賢いんだろうな。

　成績を分けるって言うくらいだから、私よりも成績いいんじゃないだろうか？　オール5？

　でもそれなら、どうして凛上はこの合宿に参加したのか。

　凛上を見ていろいろなことをぼんやりと考えていた私。でも電話の返答は厳しいものだったのだろう。

　凛上が顔を歪めた。

「何も罪のない人が苦しんで、間違っていると言われて、傷ついてる。それなのに俺らのせいだって言うなら、俺はあんたらのことを許さない」

　痺れを切らしたような、苛立っているような。睨むように目を細めて、軽蔑するような、強い口調で言った。私は心底驚いていた。

　凛上は優しいけど、怒るとこんな顔をするのか、と。そもそも怒るのかすら怪しかった。凛上はそんな雰囲気があったから。

　そしてそのまま、通話を切った。

　私を見て我に返り、きまりが悪そうに苦笑する凛上。

「……ごめん、なんか熱くなって」

　スマホを手渡されて受け取る。凛上の手が震えていた。怒っているのか。隠しきれて、ないんだ。不器用な人なのか。

　でも私のことをかばってくれてありがとうって、思っているよ。

「ううん、いいよ。それより私のこと——」

　お礼を言おうとした。

　でも私は、その瞬間に視界に入ったもので、すべてが白紙に戻された気がした。

　緩んでいた空気が一気に体にまとわりついて、そのまま締（し）め殺そうとする。悲鳴が、出そうだった。

　黒いフードを被り包丁を持った人物と、目が合ったのである。

　焦りがピークに達し、脳が瞬時（しゅんじ）に高速回転を始める。

　店の隙間。

　後退したとしてどこに出るかわからない。

　凶器（きょうき）。こちらは何も持っていない。

　私の体の真横に樽（たる）がある。

　重さは知らないけど、これを、なんとか倒（たお）せないだろうか。

　目が合ったのは凛上を挟んで向こう側。道に出るほう。凛上は気づいていない。

　黒いフードの人物は目が合うなり、こちらに歩いてきた。私は、何をするでもなく、反射的に叫んだ。

「走って」

　体の向きを変えて走り出す。

　凛上がついてきていようがいまいが関係なかった。もうただ目の前の道を走ることだけだった。

　凛上のことを気にする余裕（よゆう）もなかった。

　私は後ろで凛上が刺されているかもしれないのに走っていた。

　ふと入川くんのことが思い出された。流れる景色。血の臭いがした気がした。

　私は人殺しなのかもしれない。

　こんなことをするから私への好意はこの世界から１ミリも残らないで殺されるのかもしれない、と思った。

　振り返ることができない恐怖。振り返ったらもうおしまい。私は死ぬ。なんなら振り返らなくてもいつか死ぬ。

　怖い怖い怖い怖い怖い！

　走りながら心が絶叫していた。

　一刻も早く鬼から逃げたかった。

　でも、

「ごめん気づかなかった」

　気づいたら、凛上が私の隣を走っていて。

　完全に出遅れただろうと思ったのに、凛上は、私を気にかける余裕さえ持って、走っていた。

　もう大きな、あまり人気のない道に出ていた。それでも私たちを不思議そうに見る人が、すぎていく視界に映った。

　息が乱れる。

　私は安心して、後ろを振り向いた。

　数メートル先すぐそこに鬼がいた。ゾッとして吐く息が震える。

「あいつ撒く、ついてきて」

　凛上がそう言って私の前に出た。

「撒けるの!?」

　不安で尋ねる。

「やって、みる」

　風の音にかき消されそうな凛上の声。

　──速い。

　すぐに角を曲がって細い小道に入る。行き止まりなら必ずアウト。笛の音がする。どこかから太鼓の音もする。

　狭い道を、私の前を、風のように走る凛上。

　カバンを置いてきて正解だった。こんなのすぐに置いていかれてしまう。速い。

　必死であとを追う。

　そうして小道を出て今度は、さっきとは違う右に曲がり、手前から2番目の、扉のない開放された店に駆け込んだ。

　とっさに高さのある商品棚(だな)の裏に隠れる。

　中にいたお客さんが驚いたように私を見ていた。真剣な顔でレジにいた人にジェスチャーをして、黙っているように促す凛上。

　レジの人はわかってくれたようだった。

　驚いたのは、凛上が、私と違ってほとんど息を切らしていないこと。

　私が腕に口元を当てて咳を殺している間も、凛上はいつでも逃げられるような格好で、静かに待っていた。

　肺が痛い。

　自分の心臓の音で何も聞こえない。

　浅い呼吸。静かにしよう静かにしようと思うと喉のあたりが息苦しくて詰まってくる。変な寒気がした。さっき吐いたことを思い出して「うえ」と嘔吐(おうと)してしまう。

「大丈夫?」

　囁き声で凛上が私に問う。

　自分が情けなくて申し訳なく思いながら、コクコクとう

なずいた。

　幸運にも鬼は撒けたらしかった。

　10分ほどそこで身を潜めていた。

　時計が指すのは14時22分。

　まだあの車が突っ込む騒動（そうどう）から30分もたっていないのである。

「すみません、変に居座ってしまって」

　私は店の人に謝った。

　にこにこと笑うおばさんだった。

「いや、いいんですよ。何か追いかけっこでも？」

「黒いフードを被った人は見ませんでしたか？」

「いなかったねえ」

「そうですか……ありがとうございます」

　いない？　ああ、でも、反対方向に行ったのかも。

　とりあえず安心して凛上を見れば、なんだか不思議そうな顔をして私を見ていた。

「な、何？」

「礼儀正しい」

　……。

　なぜ今そこに注目するのか。

「走るの、嫌い？」

「足遅いし体力もないから、苦手です」

「そう」

　唯一、成績で4のついた教科。

　テストでいくら点数をとっても実技でプラマイゼロ。百

点をとっても上がらなかった。

どうしようもない。

だから変えたかった。

でも、こんなことまでして変えたかったわけじゃないよ。

「ありがとう。私1人じゃ、死んでたね」

死んでいたらどうなっていた？

凛上が合宿に参加しなかったらどうなっていた？

私は合宿で勉強するつもりだった？　本気で。

巻き返せないものは捨てる覚悟でいた。体育の成績なんて正直どうでもいい。他の教科で補えば、って、変に欲を出した自分がバカみたいだ！

でも、そんなこと、絶対に誰にも言えないけれど。

店を出て快晴の下、風鈴の音が響く。

冷たい風に風鈴は似合わない。

ああ、でも、凛上には風鈴が似合いそう。

「誰だって死にたくないでしょ。そばに……置いて、って、そっちが頼んだんだし。頼まれたからにはさ、そばに置いとけるように努力するよ」

凛上は私と目を合わせながら、早口でそう言った。気のせいかな、照れているみたい。

そういう反応は期待してしまう。

私はうれしいと思いながらも、顔に出さないようになるべく、普通の声のトーンで聞いた。

「すごく、迷惑になっても？」

「うん」

「自分が死にかけでも？」

「それは……わからない」

「あはばっ、だよね」

　わからない、と言った凛上が正しい。よくわかっていた。

　凛上は完璧な善人ではないし、それは私も一緒だから、別に最後まで守ってもらおうなんて思っていなかったし。

　それでもただ頭をよぎるのは、入川くんのこと。

　そんなことを考えていた私は険しい顔をしていたのかもしれない。

　そしてそれに、凛上は気づいたのかもしれなかった。

「いやあ。でも、足が動くなら、担いで走るかも」

　「嘘」と噴き出して横目で彼を見たら、ふっと静かに凛上も笑っていた。人のことをよく見てるんだな。凛上も、私も。

　誰かを笑わせる言葉を知っている。

　和ませる力がある。

　同じ波長。不思議な空気。

　一緒にいて居心地がいいの。こんなの初めて。

　私たち気が合いそうだね、と私は言った。

　「さあ」と目を閉じて首をかしげた凛上は、やっぱり不思議だった。不満そうで、うれしそうで、よくわからない。

　鬼と鉢合わせた時の異常な焦りと、まだ死んでいないという底知れない安堵。

　何度も何度も繰り返す感情はまるで、大きな1つの波になったみたいだった。上下するたびに疲労がじわじわと蓄

積していくのを感じた。

この先我を保っていられるのか不安になった。

さっき地面に捨てられていた空の深いエメラルド色のワイン瓶（びん）が、私の両手に握られている。

護身術なんて知らない。

武器を振り回して走って逃げて、でも誰も私たちの味方はしてくれなかった。野蛮人（やばんじん）でも見るような目だった。

パリイン！とガラスが粉砕（ふんさい）されたような音が近くで連続で響いた。

刹那、息を切らした凛上が、ぐわっと、こちらに走ってきた。私はその勢いにのまれるように、その背中に続いて凛上と同じ方向に走った。

後ろから鬼が来ていた。

確認した直後、鬼が手を振り上げて何かを投げようとする素振り。

青空を逆光に、私の後ろに降ってくる謎の物体。私はそれを知っていたから、急いで走った。鬼はついては来なかったが、私は焦った。

凛上と道を抜ければ後方から響き渡る爆発音と爆風（ばくふう）。何かの破片が足に当たって痛みを感じた。

愉快な笛の音が流れる。

笛の音に乗せて流れる私の赤い体の一部。

血。

足の皮膚（ひふ）がきれいな線を描いてスパンと切れていた。

「……！！」

　意識した途端に痛くなってきた。が、足を止めるわけにはいかない。この道ではすぐに鬼が回り込んでくる。

　ドクドクドクドク。鼓動が焦る。

　凛上は足が速かった。

　本当に速かった。

　私はすぐに彼を見失いそうになったし、彼もすぐに私のことを見失いそうになった。

　だけどお互いに気をつかう暇もなかったのである。

　彼がこちらに気づいたらなんとか、調整して走るスピードを下げて、私は力を振り絞ってそれにようやく追いつく。

　驚く群衆を抜ける。

　色鮮やかに塗られた風車、どんぐりみたいなコマを売るコマ屋、商品の並べられたくじ引き、鳴り響く射的の音。流れる景色。ここは地獄なのか。なんて賑やかで恐ろしい。

　射的の音にすら驚いた。

　今自分が背後から鬼に撃ち抜かれたのではないかという錯覚を起こしたし、それで胸元をさわってみたら、それまで意識してこなかった肺の痛みに襲われた。

　酸素が足りていない。

　足の筋肉がちぎれそうなほど痛い。

　何分走った？

　私は持久走でも、隠れてこっそり歩かなければ完走できないでしょ？

　時計台は15時を指していた。

　1分1秒も永遠だった。

「ねえ、休み、たい、休もう」

　私がそう訴えると、凛上はようやく止まってくれた。

　鬼がそこらじゅうにいて気が抜けなかったけど、今気を抜かなくては自殺一歩手前だった。

　途中で生徒の死体を何度も見た。

　というかあれは眠っているんだと思った。

　道端（みちばた）で血まみれで倒れて、ナイフで刺されたり銃で撃たれたり。四肢（しし）がちぎれた模型のような。いや、考えるのはやめないと、気分が……悪くなる。

　凛上もさすがに息が切れていた。

　私よりも走り続けていたと思う。私を優先して逃がしてくれていた。

　私お荷物なんじゃないだろうか？

　凛上に頭も体も使わせて。私はなんで学年１位なのにこんなに何もできない？

　今までなんのために勉強してきた？

　膝に手を置いてうつむきながら、悔しくて苦しくて辛くて、「ああ！」と叫んだ。

　その時、ふと、あることを思い出した。

　どうしてこんな時に思い出すのか。どうして今だったのか。特になんのきっかけもなかった。

　急に過去に封印（ふういん）されていた記憶が紐解かれて、私の中で再生された。

　去年の秋。

『最初と繁華街は黒なの！　ホテルは白。休みはあっても

気を緩めたら死ぬ、だから……』

　最初と繁華街は黒。

　最初は学校だった。鬼ごっこ。鬼。黒のパーカー。

　……私は、知っていたのか。

　こんなバカみたいなゲームみたいな、合宿でもなんでもない地獄が始まる前から、内容を知っていたんだ。

　じゃあ、河井先輩が生きているということは、合宿を受けて最後までカリキュラムをクリアしたということ？

　河井先輩なら何か、知っているんじゃ……。

　ポケットからスマホを取り出すと、急いで電源をつける。

「ちょっと待ってて。連絡取りたい人がいるの」

「連絡？　なんの」

「部活の先輩、なら、知ってるかも。この合宿受けた人で」

　凛上は驚いたように一瞬目を見開いてから、2回ほどうなずいた。そして、「まわり見張ってる」と言って電話をかけると、

〈もしもし〉

「もしもし……！」

　すぐにつながった。

　うれしくなって、安堵が込み上げてきて、口元がほころんだ。

〈みさきちゃん？　久しぶりだね～〉

「先輩、あの、聞きたいことがあって。急いでて」

〈うん？　何？〉

　キョトンとした河井先輩の声。

　何カ月ぶりに聞いただろうか。私は、ためらわずにその言葉を口にした。

「最後の悪夢、のこと」

　沈黙があった。

　私は当然その時、どうして先輩が黙っているのかがわからなかった。先輩の気持ちなんて考えていなかったんだ。

〈それはダメ……もう思い出したくない〉

　暗いトーンでそう言われても引き下がらなかった。

「お願いです！　どんな些細なことでもいいから……!!安全な場所とか」

〈そんなものないよ！〉

　この時が初めてかもしれない。

　河井先輩は怒っていた。強い口調だった。

　喚くような吠えるような、怒りに震えるような、そんな声で。

〈頑張って？　……本当に頑張って。私には、何もできないけど〉

　先輩はそう言って電話を切った。

　ツーツーと無機質な音が私と、凛上の間に響いた。今度は私が電源を切った。

「なんて？」

　凛上が、尋ねた。

　くらくらした。

　息をするだけで心臓が削られていくように、胸がズキズキと、深く痛む。

「安全な場所はないって。もう、思い出したくないから、何も教えられないって」

　頭が真っ白だった。

　同時にバカみたいに悲しかった。

　先輩にかけた期待を裏切られた。ショックだった。勝手に期待して裏切られて落ち込む私の癖。

　足を見れば赤い血が固まり、靴下に染みていた。流れた跡が筋のよう。こうやって私はボロボロになっていくの？

　絶望した。

　視界が暗くなってきていた。でも、凛上は、私にまた問いかけるのだ。

「じゃあ大人しく死んでやるの？」

　あたりが静まり返る。

　さあっと冷たい風が吹いた。

　高ぶっていた気持ちをなだめるみたいな、そんな落ちついた声だった。

「諦める？」

　声に反応するようにポツンと光が1粒落ちて、だんだん視界が明るくなっていく。

「ううん」

　首を横に振る。

　私は、弱いな。凛上は強い。

　いつも辛い時にぐっと、持ち上げてくれる。

　まっすぐには生きられない。

　でも折れてしまった時、そのまま道をそれて、間違った

道に進むのか、そうでないのか、その選択はいつでも私に任されていた。

　勉強でもそうだったじゃないか。

　いい点数でもそうでなくても、何かしら行動はしていた。上位キープも復習も、数をこなすのも、私は得意だろう？

　頬っぺたを両手で叩いた。

　ジインと広がる痛みに頭が冴えた気がした。

「ごめん、なんか、弱気になってた。もう大丈夫」

「うん」

　言いきってしまえば旭の勝ちだね、と凛上は笑った。

　私は勉強しか取り柄がなかった。でも違ったね。勉強でさえこんな場面で生かせない。何もできなかった。

　パニックだった。

　まだ始まったばかりなのに、もう折れるところだった。

　凛上のことを本当に尊敬する。

　こんな人とは二度と出会えないんだろう。

　そう思うとなんだか、彼の背中がより一層、大きく強く見えたんだ。男の子、って感じだった。

　わかった。もう、認めよう。

　こんな時でさえ人は恋に落ちてしまうものなんだ。

　それから私たちは、逃げ続けた。

　鬼に見つかってもなんとかかわし続け、傷をいくつも負いながら。ようやくその時は訪れた。

　17時。

　電話により告げられる合図。

〈旭さんですね？　時間になりました。

　あなたを追いかける人はもういません。お疲れさまでした。タクシーやバスなどの交通機関の利用を認めます。事前に渡したお金を使って最初に解散した場所に、18時までに集合してください〉

4.束の間の休息

　生き残った特待生は多かった。

　最初に見た時よりあまり減っていなかったと思う。傷を負っていても深傷を負っているわけではない。

　驚いた。

　あとで凛上が聞いてみたら、繁華街を抜けて、逃げられる範囲ぎりぎりの住宅街に逃げていた人もいたらしい。

　それでも鬼が追いかけてきたから安心できなかったという。いったいどれだけの鬼がいたのだろう。考えるとゾッとする。

　ただそれでもし繁華街にいた鬼が、外に出て分散してくれていたのなら、私と凛上がなんとか逃げきれたのも納得がいく。それで助かっていたのか。

　広さ的に繁華街にいたのは3人ぐらいじゃないだろうか？

　もっと集まっていたら、助からなかっただろう。

「凛上？　すごいケガしてんじゃん」

「うん、痛い。なかなか」

　隣でそんな会話がした。

　私は、関係ないなんて思えなかった。一緒に逃げてくれている途中で、ぎりぎりの場面もあった。

　2回。

「血ついてるじゃん。制服も切れてるし。ナイフ？　切られた？」

「おお。鬼と直にやり合った」

「はぁ!?　やば……よくやるな。こっちなんにも武器なかっ

ただろ」

　ナイフで切られた制服。

　裂けた中のカッターシャツは血が滲んでいた。

　不意打ちだった。真後ろから襲われて、私は無事だったけど、凛上はナイフを持った鬼に左腕を切られて。

　その後なんとか持っていた瓶を振りかざし、思いきり鬼を叩いて走って逃げた。

　あとは近距離で銃も撃たれた。本当にぎりぎりだった。当たらなかったけど、あれは、２人とも危なかった。

　１発で玉切れになったのが幸い。

　リロードの間に離れて隠れたんだけど。

「落ちてる瓶とか物色した」

「ああ……でも、手段も、選んでられないよな」

　細く長い指から滴り落ちる赤い雫。

　目が、離せない。

　じいっと凛上の腕を見ていた。そしたら凛上の隣にいたからか、それをめずらしく思ったのであろう。凛上が話していた男の子に声をかけられた。

「旭、さん？　学年１位の。凛上と一緒にいたの？」

　この人も私のことを知っているのか、と驚いた。

　容姿はともかく名前だけは有名になってしまうみたいだ。男の子は私を見て、名前と顔をようやく一致させたよう。

「はい。途中で助けてもらって」

　首を傾けてニコッと笑うと、男の子は少し意外そうな顔

をしてから、にやにやしていた。

「へえ。そうなんすね。まあ、こいつ足だけは速いし」

「余計なこと言うなよ」と凛上が彼の脇腹をつつく。仲良しなのか。この人、学校のあの屋根裏部屋にいたっけ?

ぼんやりとそう思っていたら、唐突に、遠くから悲鳴のような声がした。

「先生ぇ!!」

声がしたほうに反射的に振り向いて、後悔する。私はすぐに顔をそらしたけど、その衝撃といったら、ハンマーで頭を殴られたみたいな、心臓を抉り取られるような、それこそ……。

「マイが!! ケガしてて、さっきからおかしいんです!」

──足をなくしたみたいな。

「死んでる?」

「顔色……やば。え……? 嘘……」

「やばくね?」

自分を支配するのは恐怖だけではない。まわりの声に好奇心もじりじりとわいてくるのだから恐ろしい。

足がなかった。

声を上げた女子生徒に背負われてうなだれている女の子の、両足共、膝から下がちぎれていたのである。芋虫を引きちぎった時のようなボロボロの断面。

ショックで嘔吐する人もいた。好奇心に負けてもう一度見ようとしなくても、頭からその様子が離れなかった。

「こちらで処置します」

「死なないですか!? 死なないですよね、お願いします、助けてください助けてください……!!」

先生が他の応援を呼んで、間もなく担架が運ばれてきた。それに乗せられる様子。引き渡される様子でさえ絶望する。

半分死体のような状態の、白い顔の女の子。人形のようにも見えた。

空気が冷たい。

まわりも言葉を失い、ただその様子を遠くから眺めていた。

「花巻さんは悪くはありませんよ。大丈夫です。今は心配しないで、自分のことを考えてください」

……ああ。

花巻という彼女は、涙をボロボロ流して嗚咽して、先生に宥められていた。

花巻の服もまた血で汚れていた。爆弾、という言葉が頭をよぎった。爆弾なら足が吹き飛んでもおかしくない。

でも、本当にそんなことがあるの……?

目の前で消えてしまうかもしれない命があって、ここまで冷静でいられる私は狂っているのかもしれない。

それか、もしかしたらもう心のどこかで、この合宿からは逃げられないと諦めているのかもしれない。

誰かが苦しむその痛みに生きていると感じる。ただ傍観するのは人間でなくとも意思のない人形でもできることだ。

まだそちらのほうが人間味があるように思えないか。必

死になって抵抗してもがき苦しむ。

　あの泣いている花巻のように。

　凛上の制服を引っ張った。

　まだみんなが花巻の友達から目を離さないうちに、凛上の目を引いた。

　不安になった。

「大丈夫？」

「何が？」

　私はその腕のほうを見て、顎を動かして指し示す。凛上は腕の傷をちらっと見た。

　もしかしたら死んでしまうんじゃないかと思った。何があってもおかしくない。

　感染症になるかもしれない。失血死のリスクもある。

　凛上は、

「あとで一応先生に見てもらう」

　そう言ってから、

「心配してくれて、ありがと」

　照れたように笑った。

　凛上の笑顔に、苦しくなっていた心に優しい火が灯る。

　うれしい。優しい。

　絡まっていた糸がほぐれるような、安堵が込み上げてきた。同時に泣きたくなって、涙が出そうになった。

　凛上にこれ以上泣いているところを見られてたまるかと、誤魔化そうとしてさりげなく涙を隠した。

　残ったのは22人。

　全員が集まったのは6時前。

　個人個人のスマホに連絡が来てから、交通機関を使って来た人、徒歩で来た人、さまざまだった。

　もうあたりは日が沈みかけていて、空には深く暗い青と、山の奥の橙と、合間の淡い緑が滲んでいた。きれいなブルーモーメント。

　合宿担当の先生の指示で繁華街から移動して、繁華街に来る前に降りた駐車場に戻った。

　バスが1台止まっていた。

　1台だけ。

　生き残る人数が最初から決まっていたみたい。今の人数なら1台におさまるから。

「バスの席は自由です。ただ合宿の進行を妨害するような行為は慎んでください。見つけ次第処分します」

　徒歩で移動する間もバスに乗り込む間も、ずっと脅されているような思い。精神的にこたえているのか、泣き出す人もいた。

　学年主任がそもそも合宿にいない時点でおかしかった。今考えればおかしな点はいくつもあった。

　先生の忠告も先輩の言葉も、勉強道具がいらないこともお金が大量に配られたことも。

　でも私は気づかなかった。

　気づいたらもう遅かった。吐いた時に受けたカバンにお金は入っていたけど、もう道端に置いてきてしまった。

　私が今持っているものは、ハンカチとティッシュとスマ

ホ、そして彫刻刀。

　あまり中身の入っていなかったティッシュも先ほど足の血をぬぐった時に使ってしまい、残りはほとんどない。

　何も、できない。

　……。

　何も、したくないかもしれない。

　バスは１人で席に座った。

　気持ち悪いくらい静かなバスの中。出発してからもずっとその空気は続いていた。

　次に向かうのはホテルだというのは知っていた。

　ただしおりには詳しい予定は書いていない。書いてあったとしてもそれは架空の合宿についてのデタラメだ。

　まあそもそも、しおりもカバンに置いてきてしまったからどうでもいいんだけれど。

　これが、この地獄が架空なら、どんなによかっただろう？

　鼻をすする音、誰かの泣き声が精神をじわじわと蝕んでいく。

　私だけは強くいたい。

　私だけは強くいたい。

　じゃないとこれから何もできない。

　１人ぼっちになれば私は本当におしまいだ。

　怯えて１人で体を抱えながら、流れる景色に焦点を合わせず、自分の膝に視線を落としていた。

　これから本当の地獄が始まるなんて誰も予想もしなかった。

　また単純な鬼ごっこに疲労を重ね、体をボロボロにして死んでいくのだと。私を含めて特待生のみんなが、そんな甘い考えでいたのだと思う。

　ホテルについたのは、19時前だった。

　空は暗転し、どこか今日の終わりを感じ始めていた。

　駐車場で降りて、重い体を引きずりながらホテルに向かう。正面の大きな自動ドアをくぐると、洋風の大きなフロアが広がっていた。

　私もまわりの生徒も、その立派な内装に圧倒されていた。天井にはシャンデリアがある。

　ワインレッドのカーペットの上を歩く。足が床に少しめり込むような、不思議な感覚。

　血を浴びたローファーで踏むなんて汚らしいと、誰かが言いそうだと思った。お洒落でゴージャスなホテル。

　先生は私たちに待っているように指示し、フロントに向かった。少ししてから戻ってきた1人の手には、何やら紙の束のようなものが握られていた。

　これ、もしかして……。

「1人1部屋、今日は貸しきりです。次の企画は5時間後の、夜の12時なので、それまでにしっかり体を休めるようにしてください」

　貸しきり。

　思わず苦笑してしまった。

　そうか。ここまできたら国はどんなことでもするのか。

　私たちの成績のためにすべてを尽くす？

　こちらが命をかけるから？　バカみたいだ。そんなことで気持ちが楽になるとでも思っているの？

　「夜中にも鬼ごっこするんですか？」と誰かが私の後方から先生に聞いた。数人がそちらに振り返ったけど、誰が聞いたとしてもどうでもよかった。

「明日はほとんどが自由なので、それまで頑張ってください」

　自由なんてどこにある？

　自由のために頑張るんじゃない。私は成績のためにこの合宿を受けたんだ。

　そうじゃないのなら私がここにいる意味がない。みんな、みんなそうだ。

「嫌だ」

「まだやるの。死んじゃうよ」

「帰りたい……！」

　広くても静かなホールに20人ほどいれば十分だった。

　耐えきれなくなって生徒が騒ぎ出して、それはわあっとホール全体に広がった。

　フロントにいる案内の２人の女性がこちらを見て、ひそひそ話して笑っていた。

　どれだけ辛いかも知らないくせに、よく笑える。ひどい。先生は１人１人にカードキーを渡し、個室に向かうように指示をしたが、誰も従わなかった。

　それでも文句を言っていても、ホテルから出られるわけではなかった。

　入り口を振り返れば、もう数人の先生が扉の近くを守っていて、私たちはホテルに閉じ込められたのだとわかった。

　遅い。気づくのも遅い。

　何もかも手遅れだ。

　騒いでいた生徒も、そのうち何も喋る気もなくなってしまって、またあたりが静寂に包まれた。

　でも、そんな時に。

「あの。連絡網作りません？」

　1人の男の子が、提案したのだ。

「みんなで何かあった時に助け合えるように」

　名前は知らなかったけど、硬い雰囲気ではなく、パッと見て感じのよさそうな、短髪の男の子だった。

　連絡網か。余裕がなかったから、考えたこと、なかったな。

　こそこそと近くの友達と話し合う生徒だが、誰も意見はしない。だから代わりに私が賛成の意思を示そうと思った。

「いいと、思います。私は」

　静寂を破るハスキーボイス。

　私より先に声を上げたのは、後方にいた花巻だった。

　まだ目元が腫れて赤い。あの時泣いていた花巻。肩までの長さの癖っ毛の髪。若干のつり目。細身でありその手足の長さから、スタイルのよさがうかがえる。

「俺も賛成です」

「うん、俺も」

「賛成です」

　花巻に続き次々に、流されるように特待生が賛成の意を示し始める。

　流れを作ったことに対して尊敬した。花巻は他の人が味方についても、どこか悔しそうだった。友達のことなのだろうと思う。

　そのあと私たちはチャットアプリで特待生のグループを作り、連絡網を完成させた。

　それから先生の監視から逃れられないのはわかっていたし、その場でずっと立っているわけにもいかず、生徒は渋々自室に向かい出した。

　私も向かおうとしたけれど、ふと凛上の姿が見当たらないことに気づいた。いつからいなかったのだろう？

　どこに行ったのか。探そうかな、と考えてあたりを見渡すが、先生に怪しまれるかもしれないと思うと下手に動けなかった。

　仕方がなく私も自室に向かうことにした。

　部屋番号と手元のカードキーに記載されている番号を確認し、カードを差し込む。

　短い電子音のあと鍵が開くような音がした。

　そおっとドアを開けて中を見渡す。電気がついていない。

　私と同じ階に特待生の部屋が集中していて、他にも自室に普通に入っていく人を見ていたから、危険ではなさそう。

　カードキーを靴棚の上に置いて、電気をつける。

　中は案外広かった。

　20人以上で１個人に１部屋。さすが国のカリキュラム。

優秀な人材のためにはお金なんていくらでもかけるのか。こっちは命をかけているのに？　笑える。

部屋には小さな冷蔵庫もテレビもお風呂もあった。

白のシングルベッドの隣には、私が昨日の朝先生に預けた荷物がある。

これもまた白色のキャリーケース。念のためスペアキーを制服の内ポケットに入れておいて正解だった。

鍵を挿してキャリーケースを開ければ、中には食料や着替え。そして勉強道具も入っていた。こんなものいつ入れたんだったか。

使い古した単語帳。

必要ない。なんのためのものなんだろう？

そもそも合宿なんかじゃないのに。

そんな、生やさしいものじゃないのに。

疲れた、なあ。

ため息をついて着替えのカッターシャツを取り出す。お風呂でも入ろうかな。

地面に座ったりこけたりで服も体も汚れていた。ちょうどいい。まだ時間もある。

シャワーを浴びてお風呂から出て、髪を乾かしている時、グループチャットには複数コメントが流れていた。

【次に何かが始まるのは夜の12時ですか？】

【そうですよ】

【夕食について何か聞いていますか？】

【聞いていないと思います】

【さっき部屋にあるプリントにバイキングのことが書いて
ありましたよ！　化粧台みたいな机の引き出しに入ってい
ました】

【確認したら入っていました。ありがとうございます！】

　便利、だなあ。

　夕食のことをすっかり忘れていた。

　ちょうど鏡つきの机のイスに座っていたので、ドライ
ヤーをいったん止めて目の前の引き出しを開けた。

　プリントが入っていた。

勉強強化合宿に参加している
△△中学校の皆様へ
お越しいただきありがとうございます
タイムテーブルのご案内です
19:30〜　ディナータイム
（21:30　ラストオーダー）
場所:南棟１階の「whiteful」
※一般の方もいらしています
0:00〜1:00
スペシャルゲストによる演奏会

場所：北棟３階
1:00〜4:00　　ゲーム大会

ビンゴからトランプなどのカードゲームまで幅広く取り
扱っております。
ご参加をお待ちしております。
場所:？？？？？
（臨時開催）

なんだ、これ。

夜中にもこんなことをやるの？

12時に集合というのは聞いていた。でも。

ひどく驚いた。

プリントを持つ手が震えた。

……。

私はプリントを裏返して机の上に伏せると、再び髪を乾かし出した。もう見たくもない。考えたくもない。

そういえば、凛上は、先生に傷を見てもらったんだろうか。心配だな。私のせいで、これから合宿で不利にならないだろうか。

まだ明日もあるんだ。

もう１日続くとなれば、凛上にもっと負担をかけてしまうかも。

ドライヤーの電源を切ってコンセントからプラグを抜く。

ダメだ。１人でいると余計にマイナスな方向に考えてしまう。

夜ご飯食べなきゃいけないよね。

そう。夜ご飯。

キャリーケースからポーチを出して、黒い髪のゴムを取り出す。耳より少し上くらいの高さで1つに髪をくくると、あいた首元がスースーした。

部屋をチェックしてポケットにスマホがあるのを確認する。電池ももうないかもしれない。あとで充電しておかないと。

カードキーを持って部屋をあとにする。

長い廊下には玄関ホールと同じように深紅のカーペットが隙間なく、張られている。

対照的に洗練されたモノホワイトの壁。ほんのり橙色の明かりが、ポツポツと天井から一定の間隔を置いて床を照らしている。

時刻は20時前。

ラストオーダーはまだまだ先だしちょうどいい時間だろう。

プリントは部屋に置いてきたけど内容は覚えている。南棟1階のホワイト〜みたいな場所だったはず。この棟の一番下だ。

廊下をとぼとぼと歩く。

お風呂上がりだから服も部屋に用意されていた和服。モノトーンの模様のある服に上から焦げ茶色の羽織もの。

こうしてみると一般客みたいだ。

誰も何も知らないけれど。

ボタンを押したらエレベーターがちょうどすぐに下りて

きそうだったので、扉の前で待つことに。

　もしここで襲われたら私は終わり。気を抜いてる時間なんてないんじゃないか。

　エレベーターが下りてくる間の静かな時間が怖かった。口の中が乾いて、顔が妙に熱かった。

　チン、とエレベーターがついた音がした。その音が脳内で木霊（こだま）して、目眩（めまい）がして、急に足元がぐらついて。

　扉が開くと、恐怖でぐっと目をつむってその場にうずくまってしまう。

「大丈夫ですか!?」

　エレベーターの中から私を見つけるなり駆け寄ってきた彼女と目が合った。

　花巻。

　私は驚いて、反射的に「はい、大丈夫です」と笑顔を作った。

　花巻じゃなくてもきっと笑ってしまう。凛上でもそう。弱い私は見られたくないから、笑ってしまうんだ。

　エレベーターを降りてしまった花巻。私が笑って誤魔化したのを信じて、大丈夫だと判断したようだけど、扉はすでに閉じてしまっていて、引き返すこともできず。

　私が簡単に立ち上がってしまうと、花巻との間に嫌な沈黙が流れた。気まずい、というのはまさにこのこと。

　次が来るのを待とうかと思い、エレベーターのボタンを押したら。

「あ」

　おそらく同じようにエレベーターで移動しようとして来たのだろう、凛上が、私たちの前に現れて。

　ますます気まずくなるのではないかと身構えた私。でも、

「凛上。この階だったの？」

「え？　いや１つ下りてきただけ」

　隣にいた花巻が、いつもどおりとでも言わんばかりに、ためらうことなく普通に凛上に話しかけて。

　私の頭の中ははてなマークだらけだった。知り合いだったの？　友達？

　花巻は制服だったけど、凛上は私と同じように和服を着ていた。私服を着ているのを見たみたいに新鮮。なんだか、私は目が離せなくて。

　凛上と花巻が話している間に、私は上手く会話に入れなくて、その場にぽかんと立ち尽くしていたのだけれど。

「花巻と仲いいの？　旭」

「え！　あ、ううん。さっき助けてもらって」

　急に話を振られて驚く。

　凛上と目線が交わって、そらしたいような、ずっと見ていたいような、くすぐったい気持ちになる。

　そこで花巻が、私に遠慮がちに尋ねてきた。

「旭みさきさん？　だよね？　学年１位の」

「はい、そうです」

　私は本当に“学年１位の人”として知られているんだな、と思い知らされる。びっくりだ。

「花巻さん。下の名前を聞いてもいいですか？」

「シオンです。というか敬語じゃなくてもいいんだけど」

　凛上と同じようなことを言われた。

　敬語ってやっぱり堅苦しいんだろうか。

　そんなことを考えながら苦笑していると、花巻——シオンは私の前に手を出して、握手を誘う。

「ここで会ったのも何かの縁だよね。仲良くしてね、みさきさん」

　すごい間合いの詰め方だと感心しながら、まさかの誘いに胸が躍った。合宿ではもう凛上としか仲良くなれないのだと思っていたから。

「うん、お願いしま……これから仲良くしようね、シオンさん」

　敬語が抜け切らず恥ずかしかったけど、うれしかった。そこでふと、握ったシオンの指の爪が黒く染まっていることに気づいて。

「あ、また爪、塗ってんじゃん。注意されるぞ」

　凛上も気づいたらしくそれを指摘した。

「かわいいね。マニキュア？」

　私が尋ねると、

「そう！　マニキュアを塗ると気合いが入るんだよね。必勝法？　みたいな」

「そうなんだ」

　シオンはどこか気が強いイメージがあった。

　黒のマニキュアもそれの象徴のように思えたけど、シオ

ンは女の子っぽくてかわいらしいと思う。今時、みたいな。

短い丈のスカートもネイルも、いいな。

私も少しやってみたいかもしれない。

そこでエレベーターが到着した。

ここは4階。生徒の部屋はこのあたりに固められているのか。

凛上は1つ上から下りてきたと言っていたし、花巻も1つ上の階だったとさっき言っていたから、2人は同じ階なのか。

3人で乗り込もうと思ったら、すでに何人かが中に入っていた。

それでも入れないわけではなかったから、乗り込んで、扉を閉めるボタンを押して。

1階に到着すると、ぐわん、と大きく押さえられるように、体に圧がかかった。扉が開いて出ようと思い、一歩足を出す。

そしたらなぜか、ふらついて数歩たたらを踏んだ。

「お、大丈夫？」と凛上が後ろから声をかけてきて、私は自分でも何がなんだかわからないまま、うなずいた。

「うん、平気」

よくふらつくなあ、と思った。でもそれだけだった。

この時の私はまだ何も知らなかった。

この違和感があとに、厄介なことにつながるということに。

夕食はシオンと一緒に食べることにした。

　凛上はレストランに到着するまでの間に合流した他に仲のいい男子と食べるようだった。

　案外お腹がすいていたから、たくさん食べたけど、シオンは私よりももっと食べていた。

　「スタミナ大事だから」と言ってガツガツと食べる様子を、私はゆっくりとお茶を飲みながら見ていた。

　この食べっぷり。

　やっぱり運動部なのか。

　白いテーブルクロスの上に湯飲みを置くと、シオンに聞いてみた。

「そうだよ。陸上部」

「わ、そうなんだ。走るの？」

「うん。ああ、凛上も……」

　思い出したようにシオンがつぶやく。

　そうだと思っていた。

「やっぱりそうなんだ」

　「知ってたの？」シオンは驚いていた。

「いや、走るとこ見てたらすごく速かったから。陸上部かなあ、って」

「……」

　あの時はすごかったな。

　繁華街で、凛上はよく振り返って私のことを確認しながら走ってくれていたんだ。

　私は走るのが遅いから、全力ってわけではなかったと思

うけど。

　思い出して感動していたら、私の発言を聞いたシオンが、急に怪訝（けげん）そうな顔になって、早口でこう言ったのだ。

「凛上、走ってたの？」

「え？　うん。走ってたよ？」

「……そう」

　何か言いたいことがありそうだったけど、シオンは何も言わなかった。

　それからなぜか私の話に切り替わった。

「みさきさんモテるでしょ？」

　シオンはにやりと面白そうに笑う。

「そんなことはないと思う」

「かわいいじゃん。髪さらさらだし目も大きいし。女子の憧れだよね？」

「……高嶺（たかね）の花みたいな感じ？」

　私が苦笑いして聞き返すと、意外そうな顔をしてもう一度、シオンが聞き返してきた。

「嫌なの？」

「うん……寂しいかもしれない」

「誰かとワイワイするのは好きじゃなさそう」

　ポテトをかじりながらシオンが私の瞳を覗き込んだ。

「そんなことないよ。テンションが合わないだけで」

　ついていけないことが悲しい。

　気をつかってしまうのが悪いのか。

「みさきさんはなんか、大人の境地にいる気がする。大人

しいよねえ、ホント。雰囲気……オーラ？　なんだろうね」

　それから、積極的になるべきかなあ、とシオンはつけ加えた。

　見上げれば、大きなシャンデリアが私たちを見下ろしていた。

　レストラン内は賑やかで、シオンは制服姿だけど馴染んでいるのに、私はその空気にのまれて溶けてしまいそうだった。

　人の声が耳にさわるわけではないけど、私には、この空気は合わない気がする。

　……いや、合わせようと思えば合わせられるかも？

　シオンとお喋りしていたら、あっという間に時間がすぎていった。

　打ち解けられないだろうと思っていたのが嘘みたいだった。

　シオンもシオンで空気をよんで合わせようとしてくれるし、だからといって気をつかいすぎているわけではなかったから、話しやすくて。

　レストランを出たあと、連絡先を交換しようということになった。

　どうせなら凛上の連絡先も欲しいなあと思っていたら、なぜかシオンが教えてくれた。

　凛上のことが気になっていないわけじゃない。

　私のことをあそこまで気にかけてくれる人がいるんだと思うと意識せざるを得ないし。もしかしたらシオンにそれ

を、気づかれてしまったのかもしれないな。

　1階から上がってきたエレベーターが4階につく。私の部屋のある階だった。

　エレベーターの空間には私とシオンしかいなかった。

「じゃあ私は上の階なのでこのまま。バイバイ！」

　私が廊下に出ると、そう言ってシオンが笑った。低めの声が心地よい。

　私はうれしくなって、笑顔で手を振り返した。

「話せてよかった……！　ありがとう」

　「こちらこそ」と言うシオンの声とともに扉が閉まった。こんな時でも友達ができてうれしいと思ってしまう。こんな状況だからかもしれない。

　部屋に向かう足取りが軽かった。

　自室に入り時計を見れば、21時すぎ。

　自室にこもって、招集がかかるまで残り3時間弱。

　スマホを充電して、テレビを見たり、鬼ごっこの対策を練って過ごした。

　夜中の0時。

　誰も知らない静かな地獄が始まろうとしていた。

5.ホテルは白

　0時になって、おそるおそる廊下を覗く。

　他の生徒の姿はなかった。

　部屋にこもっている時に整理したけど、シオンも凛上も5階。私の1つ上の階だ。会おうと思えば、すぐ会えるのではないだろうか？

　耳を澄ませば、どこかからバイオリンの音が聞こえてくる。

　コンサート。

　0時から1時までのイベント。

　これか。どこでやっているんだっけ？

　化粧台の中のあのプリントに書いてあったような。

　でも、下手に動いたら鬼がいるかもしれない。捕まったら……。

　誰かいないだろうか？

　そうだ。シオンを探そう。凛上もいるかも。合流したら少しは恐怖も紛れるかも。

　動きやすいように制服に着替えたのはいいが、相変わらず土臭い臭いがする。

　なんだか妙に不安になってくる。

　また鬼ごっこが始まるのかと思うと、部屋を出る前にお腹が痛くなって。

　1人で動けない私は情けないだろうか。

　……。

　いや、でも、今はみんながそうなのかもしれない。私だけではない？

　学年1位だからなんだ。

　私だってたくさん苦しんでいるよ。

　成績、本当に、あと少しでオール5だったんだから。

　それだけよければもう、こんな合宿に参加なんてしなくてもよかったんだし。

　そう。私がここにいる理由もない。

　じゃあどうしてこんなことを？

　どうしてこんなに苦しい思いを？

　考えるとまたお腹が痛くなってきた。

　私は自室に戻って、しばらくトイレにいることにした。今、鬼が来ませんようにと祈り震えながら。1人で。

　ようやく部屋を出た時には、もう15分もすぎていた。

　生徒の姿がちらほら見えた。安心した。

　私はやはりシオンに会いに行こうと思い、1つ上の階に向かうことに。

　エレベーターは何かあった時に危険だろうと判断し、階段を上ることにしたのだけれど。

　上っている途中に目眩がして、足を止めた。視界が不自然なぐらい揺れていた。

　……？

　前から感じていたけれど、この体の不調はいったいなんなのだろう？

　休んでいる場合ではなかったけど、歩くペースを下げて慎重にならざるを得なかった。なんだか気分もあまりよくないような。

　バイオリンの音が、どこかから聞こえる。しかし階を上がれば、それは遠ざかって。下の階から聞こえていたのだと気づいたその時。

「あ」

　ちょうど上から下りてきたシオンと出会った。

　その瞬間とてつもない安堵に襲われた。気が抜けそうで、体の力が抜けそうで。

「ん？」

「会えた。よかった……」

　思わず笑ってしまった。

「どうしたの？」とシオンが、大げさだと言いたげな顔をして尋ねてきた。

　気を許しすぎにもほどがあるか、と思い首を横に振る。シオンは1人だった。

　正直それを期待していたなんて言えないけど。シオンと一緒にいたいと思った。

　シオンに友達なんていなければいいのに、と。

　寂しいから？

　怖いから？

　ぐるぐると、変な感情が私の中に渦巻いていた。だけどそれも束の間、

「みさきさん——」

　シオンが悲鳴を上げるような声音で、私の名前を強く呼んだ。

　私はなんとなく、その視線の先に——私の背後に——何

かがいるような気がして、とっさにシオンのほうに逃げようとして。

そうしてまだ理解が追いつかないうちに、今度は。

ガッシャーン!!

後ろからガラスが思いきり割れるような音がして、肩が跳ねた。

反射的に振り返ればすぐそこに、白い帽子、白い服、白い靴の高身長の、仮面をつけた人物がいて。

足元にはキラキラと光る何かが散らばっていた。破片。ガラス?

ひ、と声も出ないまま失神一歩手前。

急に片腕を引かれて、前のめりに階段に倒れた。

シオンが私の手を引いていた。

──ホテルは白。

走馬灯みたいだ。あの時の河井先輩の言葉が、私の中を瞬時に駆け回った。パニックになって、叫びそうになる。

震えながら一歩、ずるりと体を無理やり滑らせて、這うように階段を上がる。

「シオン、さ……」

「大丈夫! 来て!!」

なんとか体勢を立て直して、段を強い力で踏み込む。シオンに引かれた手。

重力が前方に向けて切り替わったような感覚。がむしゃらに真っ直ぐ進む。後ろは振り返らない。

階段を駆け上がってそこには、どうしてか、凛上がいた。

　凛上の手にはガラスのコップが握られていた。目が合うと、凛上は真剣な顔をしていて。

　けれどもその奥に秘めた優しさは、隠しきれていなくて。私を見て優しく緩く結んだ唇に、その微笑みに、何も考えられなくなって。

　凛上は私が隣につくなり、後方に向かってガラスのコップを投げた。

　また割れたような音がして、今度は次に、何かが階段から落ちるような音がした。転げ落ちるような。

　私も、シオンも、それがどういうことかわかった気がして、怖くて振り返れなかった。

　凛上は直視したのかもしれない。

　でもすぐに目をそらして、「もう１つ上の階に上ろう」と言って。

「急にごめん。でも、危なかったからよかった」

　なんともないような顔をして私に笑いかける。

　……。私、私は……。

「ありがとう」

　凛上にこんなことしか言えない？

　笑顔はひきつっていたかもしれない。凛上はうれしそうだった。シオンは何も言わなかった。

　伝わったかな？　私の、全部。気持ち、全部。

　怖かったよね。

　人、人を……。鬼でも容赦ないなんてことないよ。勇気がいるんだから。

　殺す、ってことはさ。

　ダメだけどこんなにも、うれしいことなんだね。

　6階には誰もいなかった。4、5、6階は客室がメインというのはわかった。

　建物内の構造の把握（はあく）がまだ完全にできていないのは痛いかも。基本の造りは知っているけど。

　鬼の気配がしないと判断して、気持ちを落ちつかせるために2人にこんなことを聞いた。

「そういえば、どうして2人、一緒にいたの？」

　客室の間の通路に漂う（ただよ）静寂が、嫌に耳についた。

　何も、聞こえない間があった。

　シオンは凛上がいるのを知っていたみたいだった。同じ階だからすぐ会ったのかもしれないけど。そんな都合のいいことが？

　どうして？

　何かもしかして、関係があるのかもしれないって。

「ん？　……いや、別に何も」

「たまたま会ったから。世間話してた」

　それだけの、こと。

　私はどうして自分の機嫌（きげん）さえとれないのか。嫌な気持ちになるな。こんな、こと、自分で聞いておいておかしい。

　一瞬、頭をよぎった可能性に目をつむる。

　もしかしたら2人は付き合っているんじゃないかって。

　何も聞かなかったことにしよう、と思った。

　3階でコンサートをしているとシオンが言った。

　コンサートに何か仕掛けがあるような気がしてならなかった。しかしずっと同じところにいても、何か嫌なことが起こりそうだった。

　黒い鬼の時のような忙しさは全くない。

　足音も気配も、今何かが起こっているのだという空気さえも感じない。

　嵐の前の静けさ、というのはこのことなのか。

　さっきの階段の時もそう。どこからともなく現れて、私を襲おうとした。本当に怖かった。

　どこにいるのかの把握もできない。

　爆発の音もしない。鬼が、いつもの鬼でないような。

「俺、コンサート見てきていい？」

　突然、凛上がそんな提案をした。

　私もシオンももちろん反対した。なに考えてんの、とシオンはその大きく開いた目で訴えていた。

「どうして？」私が尋ねる。

「現状把握」と、凛上は簡単に答えた。

「おかしいでしょ!?」

「上の階ばっか見てても仕方ない。下は？　なんにも知らないだろ」

「だからって知りに行く必要はなくない？」

「いや。今後朝まで続くのならこのままだと、危ないだろ」

　シオンの表情が曇った。

「朝とか……いや、マジだけどさ。言葉にされるとキツいよ……」

「……それはごめん」

　朝……朝か。

　かなり、しんどいかもしれない。

　私、大丈夫だろうか？　いや、でも、大丈夫だよね、この３人なら。廊下の突き当たりの小さな小窓の奥には、夜の闇が広がっている。

　あれが明るくなるまで？

　……４時なら、まだ暗いか。

　それでも学校にいた時の鬼ごっこ同様、途方もないように感じた。

　考えて。考えても、引っかかるものがあった。

　私は２人に向けて、小さな声で言った。

「何か、違う気がしない？」

　え？と反応したシオンはわかっていないようだったけど、凛上は理解したのか、していないのか。黙って私を見ていた。

「今回の鬼ごっこ？　おかしい。今だって鬼も来ない。余裕がありすぎない？」

「建物内だから遠慮してくれてるとか」

「いやいやいや」

　まさかの言葉で否定してしまったけど、シオンは、本当に気づいていないのか？

　床のカーペットも、鬼にとっては好都合だろう。足音がしにくい。そしてさっきから気になっていた。監視カメラ。

　もし私たちを監視しているのなら、余裕はあるだろう？

　あえて客室のこの通路で襲わないのも、階段で襲ったのも。階段なら突き落とすだけで、殺そうと思えばすぐに殺せるからで。

　こんな恐ろしいことがあるのかはわからないけど、でも、今回の鬼は——。

　……いや、考えたくないな。

　本当に、本当に。そんな恐ろしいことがあってたまるか、って思ってしまう。

「アリだよね。私も、気になるかも……コンサート。ちょっとだけ。怖いけどさ」

　シオンは、私がそう言うと、少しの間考えた。

　レッドカーペットの上に無言で3人で立ち尽くすこと10数秒。シオンは予想もしないことを口にした。

「私はタンマ。こっから1人で動いてもいい？」

　シオンは、少し、呆れたような顔をしていた。けれども、吹っ切れたような顔のようにも感じた。

　驚きはしたけど、『それは危ない』とすぐに止められなかったのは、少し前からシオンに対して、自分にはないナニかを感じていたからかもしれない。

「コンサート見に行くんでしょ？　私は行きたくない」

「……」

「大丈夫。なんなら繁華街でも1人だったよ。友達、あんなになっちゃったしね」

　強いんだ、シオンは。カッコいいよ。

　私は、私には、絶対にできないって思う。

　それはおかしいなんて簡単に言えないよ。強い覚悟を
持っている人間は否定できない。

　次にできた沈黙を破ったのは凛上だった。

「ホントに大丈夫？　花巻」

「うん。私、１人のが向いてるかも。団体で動くってなる
とさ、なんか誰か巻き込みそうで怖いし」

　シオンはそう言って軽く舌を出した。

　指先に輝く黒。何も、変えられない。変えることが正し
いとも思わない。シオンはこういう人なんだ。黒は何色に
も染まらない色。その爪の色は、シオンを象徴しているみ
たい。

「……シオンさんが、それでいいなら」

「うん。ありがとね、みさきさん。凛上に守ってもらってよ」

　凛上は、どう思っている？

「何かあったら連絡して。絶対」

「凛上こそ」

　凛上とシオンは、仲良し。

　私たちの中では、私だけが省かれるような存在かもしれ
ない。

　それでも、

「また会えるよね？」

「もちろん！」

　シオンは笑顔だった。

　省かれてもいいよ。私を救ってくれた。

　仲良しかはわかんないけど、私は友達だと思っている。

「心配してくれてありがと。簡単には死なないから」

　それからシオンは、まだこの階に残ると言った。

　私と凛上は３階まで下りることにした。コンサートが終わるまで残り30分を切っていた。

　もし今後生き残るにあたってそこに、何かヒントがあるのなら、絶対に見逃せない。

　慎重に階段を下りながら思い出す。

　あの癖のある声と性格と、年上のお姉さんみたいな雰囲気のシオンのこと。

　シオンはまた会おうと約束してくれた。

　でも、いつどこで会うかまでは決めなかった。

　——正直言うと、コンサートには行かなくてよかったと思う。

　シオンが正解だったのかはわからない。

　というか、正解なんてないのかも。どこにも。

　コンサートはある大きな階段の踊り場で行われていた。

　深夜だというのに多くの一般人がそこにいた。階段に座って見ていた。私と凛上はその異様さに気づいた。

　おそらく高級なのであろうバイオリンを奏でるのは、あの階段で襲ってきた時と同じ格好をした人で。

　そのバイオリンの音に気を取られていた。誰もが、何も疑っていなかった。なんの曲なのかもわからないまま見とれて、釘づけになって。

　私と凛上も彼らのうちの１人になっていた。

　それが鬼だなんてどうして思うのか。

　こんなにもきれいな繊細な音を出せる？

　感情がないわけがない。思いやり、優しさにあふれた音。

　コンサートが終わる時間まで、それは続いた。

　終わったのはバイオリンの音が消えた瞬間。何もかもが、一瞬で終わった。

　階段の頭上にあった大きなシャンデリアが、私たちの前に降り注いで。

　飛び散るガラスと飛び交う悲鳴。下敷きになってぐったりして動かない人たち。深紅の床に滲み出る鮮血。

　金属の輪から離れて割れたガラスの破片。痛いと叫ぶ人。下敷きになっている人が動くたび、地面にくたりと横たわったシャンデリアが揺れる。

　声が、出ない。

　目の前だったからよかった。

　ぎりぎり、被害はない。

　いや、ないわけじゃない。

　こんなに……ひどい。

　また、黒の鬼のときのように普通の人も巻き込んで？

　頭上の照明が消えてあたりは少し暗くなっていた。

　白い鬼はもういなくなっていた。

　近くを通りかかったホテルのスタッフが救急車を呼んでいた。声が出ない。怖い。震えが止まらない。

　両手で顔を覆って、視界を遮った。

　もう何も見たくない。見たくない見たくない見たくな

い！

自分の殻に閉じこもろうとしていた。

でも彼はそんな私の腕を掴んで、引っ張って。

「向こう行こ。俺らのせいで巻き込んだのかも」

凛上。

声が震えていた。

私は、何も言えなかったけど、何度もうなずいた。もう、嫌だね。

自由で無差別の殺戮。それが黒の鬼。

じゃあ白は？

凛上に連れられて、その場を離れた。

1つ上の階に行って、客室につながる通路で、凛上は「トイレ」と言って、道をそれてお手洗いに行った。ひどく顔色が悪かった。

「ゆっくりでいいよ」と言ったら凛上は、振り返らないまま片手を上げた。大丈夫、と言いたかったのか。

凛上を待っている間に、考える。

さっきのことはもう終わったとしよう。

このまま考えていたら気が滅入ってしまう。精神的におかしくなる。

心臓がまだバクバクしてる。

私は、大丈夫。まだ生きているから。

自動販売機の裏の小さなスペースには、いくつかのパチンコ台とクレーンゲーム。ホテルではよく見るスペースだ。

何か、この合宿には攻略法があるのか。

　監視の目があるのなら私たちに勝ち目はない。至るところに監視カメラがある。

　どうにもできないだろう。壊すなんてことしたら、ホテル側から訴えられてしまう。

　でも、一般人に被害が及ぶようなカリキュラムが本当に許されるのだろうか？

　何人犠牲が出た？

　繁華街での爆発も、車が突っ込んできた時も。何人死んだ。特待生や他の生徒だけじゃないだろう？

　それに私たちがホテルに来た時の、あの受付の人たちの反応もそうだ。

　……。

　何か、変？

　人の気配がして振り返れば、凛上が戻ってきていた。

「大丈夫？」

「うん」

　私が聞くと、凛上はうなずいた。

「旭は？　大丈夫？」

「うん？　うん」

　どうしてか聞き返された。

　戸惑いながらも答える。ふと口元に水滴がついていることに気づく。

　やっぱり、気持ち悪くて戻したのか。

　私は制服のポケットからハンカチを取り出した。キャリーケースから出した新しいものだから、汚くはないと、

思う。

「口のまわり濡れてる。拭いていいよ」

「ありがとう」

　凛上はキョトンとしていた。

　遠慮がちに薄黄色のハンカチを使うと、「今度洗って返すわ」とそのまま回収された。

「もう1時すぎた？」

　腕時計を見ればすぎていた。

「そう。何が起こるかわかんないね。ゲーム大会だっけ」

「うん」

「大丈夫かな？　私あんまり運よくないから」

　思わず笑ってしまう。

「運がよくないって悪いことだもんね。何かやらかしたのかな、私。このままでもやっていけるのかな」

　本当に私はついてない。この先が不安になるくらい。凛上がいなかったら私はどうにかなってしまいそう。

「私1人じゃダメだけどさ、今は1人じゃないから……大丈夫。大丈夫」

　ストッパーみたいなものだ。

　もの扱いするのもどうかとは思うけど。

「旭、本当に大丈夫？」

　唐突に、凛上に聞かれた。

　黒髪の下から覗くのは、不安そうな瞳。

　一瞬、ほんの一瞬だけ固まった。

　でも私は何も、考えないまま笑った。反射的に、だった。

「なんでそういうこと聞くの。大丈夫だよ。そうじゃない
とお荷物でしょう？」

「そういうのはいいから」

「私が大丈夫じゃなかったらどうするの？」

　止まらなかった。

　気づいたら笑顔も作れなくなって、怒るような口調に
なって。

　早口でそう言ったあとに後悔した。

　橙色の明かりが私たちを見下ろす。

　柔らかい空気を自ら引き裂いたような気がしてならな
かった。

　夜はまだ長い。

　何かが少しずつ変わっていく。

　歯車が、噛み合わない。

　私が、狂わせているの？

「……ごめんなさい。私、なに言ってるんだろ。頭冷やし
てくる」

　凛上の目が見れなかった。

　冷静に、なろう。

　静かに息を吐いて、今度は私が化粧室に向かう。

　大丈夫じゃなかったら守ってくれないの？

　大丈夫じゃなかったら私を手放すの？

　そうだったら許さない、なんて、私はどこまで凛上の甘
さに依存しているんだろう？

　化粧室の一番奥の扉は、閉まっていた。

　鬼がいるのではないかと思い驚いたが、それでも大丈夫だと言い聞かせて、なるべく静かに洗面台の前に立った。

　自動で流れる水に手をつければ、指の上でゆるゆると透明な液体が踊った。

　私の手から静かにこぼれ落ちるそれを、すくって顔に押しつける。パシャ、と涼しげな音がして、顔全体がびしょびしょに濡れた。

　ああ、気持ちいい。

　スッキリしたかもしれない。

　1回リセットしないといけない。

　変なことは考えるな。余計なことを考えれば心が汚れていく。

　そう思い顔を上げた。

　ハンカチがないから、仕方がない。人目もないから、と制服の袖で顔を拭く。

　1つ深呼吸をして、私は扉の前に立った。

　大丈夫。大丈夫。

　謝ろう？

　私はたしかに、怖くて不安で大丈夫ではなかったと、言おう。

　凛上は受け入れてくれる。

　彼も受け入れるつもりで聞いたかもしれないんだ。

　ドアノブに手をかけて開けば、モノホワイトの壁が飛び込んできた。

　あの自販機と、小さな休憩室の前に、彼の姿はなかった。

人気が全くなかったのである。

「え」と小さく声を漏らす。

そうして戸惑う私の後方の、先ほど閉めたはずの化粧室のドアが開いて。

振り返った時にはゼロ距離。すぐ目の前に。

「こんばんは」

白い服を着た鬼が現れた。

女性だった。

女性だったけど鬼だとすぐにわかった。逃げようと思えば逃げられたかもしれない。

悲鳴も上げられなかった。

人はいきなり何かが起こるとこうも反応できないものなのか。

「ゲームをしましょう？」

彼女は変な仮面をつけていた。

やけに楽しそうだった。

「断れば、どうなりますか」

「それなりの代償は必要」

「腕１本とか？」

「そう。そういうのですよ」

背筋が凍る。

女性はにこにこと笑っていた。

腕１本なんて冗談で言ったのに。何が楽しいのだろう。

「ゲームの内容は指定ですか？」

『ルール説明をする』イコール『ゲームに参加する』とい

うことだけど。それでも？」

　……開始早々腕１本をちぎられるのは困る。

　それに拒否権はなさそう。逃げたとして余計に不利な状況になったりしたら、次に凛上と会った時に彼に迷惑をかけてしまうかもしれない。

　仕方がないのか。

「……はい。参加します」

「素直な子。素敵ね、ふふふ」

　スマホは禁止だと言われ、彼女に回収された。そして再び化粧室に戻り、個室にこもるように言われた。

　一番奥の広い個室。そしてあろうことか、外側から鍵を閉められた。

　ドア越しに彼女の説明を聞く。

「ルールはとってもカンタンですよ。このレストルームに私たち以外に、１人でも人を入れたらあなたの勝ちです」

「……私が負けたら」

　考えたくはなかったけど、でも。

「左腕１本、切り落としましょうか！」

　彼女は本気なのだろう。

　甘くて柔らかい声でそんな惨いことを言う。けれどもためらう気持ちさえ感じられない。

　切り落とす？　なんで？

　息が、詰まる。

　私がいったい何をしたのか。

「ただし、内側から呼びかけることは禁止。使ってもいい

のはこれ」

　下のドアの隙間から、紐のついた小さな楕円形のプレートと、黒のマジックが出てきた。

「それを今から30分間ドアの外にかけておきます。そのためのフックがあったでしょう？　何か誰かを惹きつけるようなことを書いてくださいね」

　30分。この時間が勝負なのか。

「ゲーム終了は？」

「1時間後。つまり半分の時間はサービスタイム」

　少し希望が見えた気がして、私は彼女に尋ねた。

「このゲームをしているということは書いてもいいですか？」

　だけど現実は残酷だ。

「ええ？　そんなのダメに決まってるでしょ？」

　目の前が真っ暗になった瞬間だった。

　ペンを持つ手が震えた。頭の中は真っ白だった。

「あくまでこのゲームのことは悟られないように。自然に呼び込む形でね」

「そんな……！」

「大丈夫よ。あなたを信じているから私はプレートの内容は見ない。それにここは人通りが多いから」

　個室に入ってしばらく考えた。

　何もなす術はないのか。【助けて】と書けばゲームをしていることを伝えることになる。

　それはルール違反。

なら、ゲームからは一度離れて考えないと。

どうしたら人が入りやすくなる？

呼び込む。危険がないことを知らせる。

……。

30分、あれば。

私はなるべく丁寧な字で、文字を書いた。

そして文字を書いてある側を伏せると、ドアの下の隙間を通してペンとともに渡した。

女性が外に出ていって、帰ってきたら、「スタート」と大きな声で言った。

弾かれるように腕時計に目を向ければ、時刻は夜中の1時12分。ゲーム終了は2時12分。

今から1時間が、勝負。

たしかに人通りは多いと思う。

足音のようなものがよく聞こえてきた。

ただどれも急いでいるよう。この部屋があることすら忘れているような、反応のなさに、次第に不安は募っていった。

どこかから聞こえる悲鳴も、聞いているだけで精神が狂いそうな思いだった。

狭い空間。便座に蓋をしてその上から腰かける。気は休まらなかった。

立っていても座っていてもすぎていく時間のスピードは変わらない。

　女性がいるのかさえ不安になる静かさだった。じりじりと、侵食されるように、心が蝕まれていく。

　彼女がサービスだと言った30分は、永遠のようにも感じたが、あっという間にすぎてしまった。

　怖いぐらい何もなかった。

　これでよかったのか?

　この30分が本当に大事だったのに。

　誤ったことを書いたのではないか。

　もっともっと考えて確実に呼び込めるようなことを書いたほうがよかったんじゃないか。

　私はいつも、どこか頭が足りないからなあ。

　どうしよう。

　今さら後悔が押し寄せてくる。

「誰も来ないねえ」

　女性はたまにそういうことをつぶやいた。

　その存在に孤独を感じなくてよかったのは幸いだった。それでも、確実に、

「もうプレートないし、あとは消化試合のようなものかな? ふふふ!」

　だんだん、だんだん、不安が募ってくるから。

　残り10分になっても、人は誰も入ってこなかった。

　私は自分が正常なのかもわからなくなってきた。

　さっきから胸のあたりをぐしゃぐしゃかいて止まらないんだ。息が苦しい。どんどん追い込まれていく感覚がする。

　時計を見るのが怖い。

　秒針が12に重なるたび、なんとも言えない痛みが胸を刺した。何度も何度も殺される思いだった。

　私はもう半分諦めかけていたと思う。

　凛上は男だから女子トイレにはまず入らない。シオンももう自分のことでいっぱいいっぱいだろう？

　誰も私のことを助ける余裕もないし、もう助けてと伝えることもできないんだから、終わっている。

　いつからか、あふれ出した涙が止まらなかった。

　残り5分を切った。その時。

「よかった！　掃除もうしてない」

　そんな声とともに、ガチャ、と扉が開く音がした。

　すぐ2つほど悲鳴がして、おそらく鬼の存在に気づいたのだろうと思う。それでも私は、なんとか……勝ったんだと。

　女子たちが鬼から逃げたため、またすぐに人の気配は消えた。と、同時に私の個室にかかっていた鍵が開けられて。

「あなたの勝ちですよ」

　ドアの前には女性が立っていた。

　涙が止まらなかった。ただひたすらに、よかった、って。それだけが私の中でいっぱいだった。

「よく思いついたね？　あなた賢いでしょ」

「たまたまです。……運ですよ」

【清掃中】

　私がプレートに書いた文字。

　このプレートのかかっている30分は誰も入らないだろう

と思っていた。

　勝負は残りの30分。清掃が終わったため入りやすいという空気を作る。

　もちろんサービスタイムの間にプレートを見ていた人が、プレートがなくなったことに気づいたらの話だった。

　完全に運だ。

　でも、運でも、神様は見ていてくれたのか。

「さあ、出ていって？　私は他の人を仕掛けないといけないから」

「どうしてズルしないんですか？　プレートをいじったりとか、細工とか。私のことなんて簡単に殺せるはずでしょう？」

　ゲームが終わるとスマホも返してくれた。

　私が業者の字に見せかけて丁寧な字で書いたプレートを見ながら、彼女は言った。

「私たちには役目がある。どうせそのように作られている」

　……役目？

「"白"は公正の白。fair。賭け事はズルして勝っても楽しくはないでしょう？」

　化粧室から出たら、私はすぐにグループチャットに連絡をした。私以外には誰も連絡はしていなかった。

　北棟４階のこの場所には鬼がいると。既読は１つもつかなかった。今、誰が生きているのか。

　もう１時間がたつのである。

　残りの３時間。朝の４時までゲームは続く。

これではっきりした。

今回の白の鬼との勝負は頭脳戦だ。

運だってその人の実力に含まれる。

凛上を探そう。

そしてちゃんと謝ろう。

今度こそ。

凛上に言いたいことがあるよ。

ねえ、今どこにいる？

間違ったことはしていない。

ただ人としては失格。

誰かのためっていうのは言い訳？

これで誰かが助かるなら、っていうのは言い訳？

そういうのはきれい事？

わからんよ、もう。

でもこれで誰かが助かるなら、俺は、いくらでもこうするかもしれない。

楽しいわけではないさ。

苦痛だとは思うよ。

でも、安心するじゃん？

この感覚は、手放したくない。

誰かに頼りにされる感覚が好き。

応援されたり期待されると、頑張りたくなる。

走ることが好きだった。陸上部だった。

限界も知らないで走り続けていた。

　誰よりも長い距離を走って、誰よりも努力した。

　——オーバートレーニング症候群というものになった。

　それからはいい結果が出るばかりか、どんどん記録は落ちていった。

　俺は俺に失望した。

　頑張れば頑張るほど悪い結果になり、何もしなければ当然体は鈍っていく。何をしたとしても上手くいかない。

　陸上なんて続けられるわけがなかった。

『凛上、部活やめたの？』

　同じ長距離走の選手の花巻に聞かれた。あの時なんて答えたっけ。

　2年生の秋、俺が陸上部をやめたという噂は瞬く間に学年中に広がった。

　俺を見る目は痛いぐらい優しかった。お前は頑張りすぎだよ、と誰かに言われた。俺は『なんでだよ』と笑い飛ばした。

　マジで言ってる？

　頑張りすぎたら報われなくなるの？

　じゃあなんのために頑張ってたの？

　誰かに慰められては笑い飛ばした。

　なんで慰めて傷を抉るようなことをするんだろうな、って。

　俺の中でずっと、何か黒い感情が渦巻いていた。

　陸上部員の人たちは俺が退部してからも仲良くしてくれたけど、もう俺は一緒には走れないから。

　それでも現実を受け入れたくなくて、こっそり走っていたんだ。

　鉛（なまり）みたいな体を引きずって、はあはあと過呼吸みたいな変な呼吸をしながら、走っていた。

　もう昔みたいには走れないけど。今はめちゃくちゃ苦しいけど。

　でも俺ちゃんと走れるよ？

　日が落ちて暗くなった道端で1人で泣きながらうずくまった。しんどくて立っていられなかったからだ。

　家に帰って母から何度も注意されるんだ。もう走るな、ってみんなが口を揃えて言うんだ。

　俺から俺の大事なものを取らないでほしい。

　お願いだから辛いって、わかってほしかった。

　合宿3日目。

　0時になって部屋を出たら、通路に花巻がいた。

　俺を見つけるなり、険しい顔をして駆け寄ってきた。

『何』

『走った？　繁華街で』

『走ったよ。ちょっとだけ』

　俺はまっすぐに答えた。

　花巻は大きなため息をついた。

　俺も正直言うとため息をつきたかった。

　花巻は俺の事情を知っているから気にしてくれる。それはわかっている。

『言いたいことはわかる。でも心配しなくていいから、も

う結構回復してきてるんだよ』

『嘘。そんなにすぐに治るわけがない』

『もう1年たつんだぞ』

『まだ1年だよ』

　ただ心配されてもよくなるわけじゃないんだって。

『高校は陸上部入りたいんでしょ？』

　花巻、わかってないな。

　俺の今の状況知ってる？

『入りたいよ』

　俺は照れて笑った。

　──入れないよ。

　なんならもう前のようには戻れないよ。

　そう言われた。医者にね。

　入れないなら好き勝手やっていいだろう？

　知ってる？

　女は未来を見るけど男は今を見ているって言うだろう。

　俺はね、先に未来を見たよ。

　だから次に今を見ている。

　走れない未来を知っている。

　だからせめて今は、誰にも縛られずに走りたいよ。

　苦しみも痛みもうれしいんだ。

　走っていて前より辛くたっていいよ。生きていると感じる。

　何もしていないと死んだような気分になるんだ。

『まあ、いいや。もうこれ以上心配すると、辛いよね』

『よくわかってんのね』

　思わず笑ってしまった。たぶん俺は笑うのが癖になっているんだろう。作り笑いだけど。

　花巻はなんだか複雑な表情だった。

　苦しそうだった。

『真面目よなあ、凛上。傷つけてたらごめん』

『大丈夫』

『あれだ。みさきさんと相性良さそう』

　突然そんなことを言われて驚く。

『旭は俺より真面目じゃね？』

『いや？　いい勝負だよ』

　マジか。

　旭のような人間がいたと知った時は驚いた。

　そこそこ容姿端麗。文武両道。

　あの誰にでも分け隔てなく接する女神のような存在。でも女神だから誰も近寄れない。高嶺の花ってやつ？

　違うクラスとはいえ顔と名前は一致していた。

　たぶん知らない人はいないだろう。

　俺だけだったら恥ずかしいな。

　なかなか、まあ。

　顔？　性格？　あの落ちついた感じ。

　いいよな。好み……かな。

　俺がぼおっとしながら考えていたら、『じゃあそういうことで』と言って、花巻は去ろうした。

　俺は何か勘づかれたような気がして、花巻に問おうとし

た。

そこでたまたま差しかかった階段にいた旭と合流できたのだけれど。

花巻と離れて旭と2人で、コンサートを見に行った。俺は演奏はあまり興味がなかったから、まわりに気をつけていたけど。

唐突なシャンデリアの落下。

あまりにも衝撃的で、その下敷きになった人の様子を見ていたら、自分まで苦しくなってきて、その場にいるのがいたたまれなくなった。

旭の手を引いて客室の近くの通路まで来たとはいえ、そのショックで吐きそうだった。我慢できずに便所に行って吐いた。

鏡を見れば青白い自分の顔が映っていた。

何これ……カッコ悪。

便所から出ると旭に心配された。

『口のまわり濡れてる。拭いていいよ』

そう言ってハンカチを渡されてかなり驚いた。口元に当てるといい匂いがした。変な意味ではない。

『……ありがとう』

でもいつからだろう？　旭の様子はどこかおかしかった。

怒って、頭を冷やすと言ってトイレに行ってしまった。俺は何か変なことをやらかしたのかと思った。

精神的に辛いと思う。俺もだ。かなりガタがきているか

ら。

　だから大丈夫かな、と思って。少しでも休んだほうがいいって言おうとしたんだけど。

　……失敗したな。

　これは謝らないといけな――。

　左手に振り向いた瞬間、目線の先にいた白いスーツの男。

　俺は、頭が真っ白になった。

　シャンデリアのことを思い出して、背筋が冷たくなって、息が詰まって。

　俺と旭が来た道とは反対方向。

　来た道を引き返そうと思った。そしたらそちらから、別の生徒が来ていた。

「こっち鬼いるぞ!!　逃げろ!」

　とっさに叫ぶと、女子の2人組はすぐに踵を返した。俺もそちらに走った。

　どれだけ走ったか。よくわからないけど、気づいたら俺は5階にいた。

　階段を下りたり駆け上がったり。無我夢中で走った。エレベーターなんて使う余裕はないと思っていたから。

　ひたすら走って、走って。

「はあ、はあ」

　変な息づかいになってきた。

　足に上手く力が入らない。がくがくする。

　俺はたまたま自分の部屋のある客室の通路にいたから、そこに入って隠れることにした。

　震える手でカードキーを差して、扉を開ければ倒れるように部屋の中に入る。

「ふー……はあ、やば……」

　足の感覚がほとんどない。靴を脱がせて足を引きずって進む。なんで、こんなことに。

　繁華街ではちゃんと調整していた。しんどくならないように力を抜いていた。

　でもさっきは、自分の体力とか全部無視して、思いきり走ったから。

　ドクドクと嫌な鼓動が自分の中を駆け巡る。気持ち悪い。息が苦しい。自分の変な息づかいだけが耳につく。血の気が引いていく。震える指先から熱が消えていく感覚。これは、本当にまずい。

　フローリングの床に横になって、制服のポケットからスマホを取り出す。

　先ほど、たまたま旭の連絡先を手に入れていたから電話をかけるが、つながらない。

　今度は花巻にかけることにした。

　しばらくコール音が鳴り響いたあと、つながった。

〈もしもし、何？〉

「花巻？　今、暇？」

〈暇じゃないから！　用件を言いなさい〉

　バカっぽく振る舞う癖が出た。

　なるべく、心配かけたくないと思っていた。でも、どう足搔いても無理？　もう無理？

「足が動かない」

　はは、と笑えば、画面の奥の、花巻の戸惑う顔が頭に浮かんできた。

〈大丈夫なの？〉

「うん。まあまあ」

〈どこにいるの？〉

「自分の部屋。5階の」

〈今1階にいるからちょっと時間かかる。なるべく早く行く〉

「ありがとう」

　俺は心から感謝した。

　花巻がいてくれてよかった。本当に。

　たぶん息切れしているのもバレていたんだろう。画面越しに花巻は、最後にはっきりとした口調で、窘（たしな）めるように言った。

〈無理しないで？〉

「はいはい」

　電話が切れたあと、しばらく、床の上で目を閉じていた。

『俺はもう走れないですか？』

『走れないことはありません。ただ今は休んでください。走れば走るほど症状はひどくなります。日常生活に支障をきたすかもしれない』

　何か異変を感じて医者に行った時の記憶。ああ、あの時はひどく絶望した。

　真っ白な部屋。独特な臭い。パソコンを見ながら話す白

衣を着た人物は、何も間違ったことは言っていなかった。

　走っていない時でも体に重石がついたみたいな怠さがあった。1日中朝から晩まで襲う疲労。それでも走りたくて仕方がなかった。

　中毒のよう。

　でも俺にとってそれだけ大事だったんだ。

　その症状はまだ全快したわけではない。だけど前よりはマシだ。我慢したんだ。

　走ることを徹底的に禁止した。一時期の話だけど。学校でも体育の授業で、走る競技は見学にして。

　ものすごく辛かったけど、我慢した。

　でも、普通こんな形で終わる……？

　2つの棒のような足に宿る朧気な感覚。床の上でゆっくり深呼吸をしていたら、少しずつ、少しずつ、戻ってくる気がした。

　それから何分たったか。

　コンコン、とノックする音がして、俺はハッとして目を開く。

　花巻が来たのだと思った。だけど声はしなかった。

　なんとなく嫌な予感がして、俺はスマホの電源を入れる。

　まだ5分しかたっていない。

　こんなに早く来れるのだろうか。

　俺は、やっと感覚の戻ってきた足をさすって、少し力を入れた。立てる。

　壁にもたれかかりながら、ドアの前まで来た。おそるお

そる、覗き穴を覗く。

　——あ。

　白の服が見えたと思った時には遅かった。

　外側から鍵を開けられたのだろう、刹那、俺は扉が手前に押されるのとともに倒れた。

　とっさに受け身をとって段差で頭は打たなかったが、横腹を角で強打。鈍い痛みが走り、思わず呻き声を上げる。

　その時にはもう足はなんとか動かせるようになっていたから、俺は鬼が入ってくるのがわかって後退して部屋に入った。

　部屋の棚にしまわれていたガラスのコップは、0時の時点で護身用に持ち出して使いきった。

　鬼を階段から落とした時はゾッとした。

　でも、それだけじゃなかったんだよ。

　俺はテレビの横に置かれていた電気ポットのプラグをコンセントから抜いた。

　……。

　鬼が部屋の中に入ってきて気づく。鬼は足を引きずっていて、血も出ていた。

　これは、俺が階段で落とした鬼だったのかもしれない、と直感で思った。

　弱った鬼はロープを持っていた。

　ちょうど俺を"絞め殺す"のに適しているようなロープ。

　俺は電気ポットを手に持つと、大きく振り上げる。

　——ゴッ！！

　鬼は俺に頭を殴られると、簡単に倒れた。俺は鬼をシャ
ワールームまで引きずって運んだ。自分より体が大きいか
ら大変だった。

　ぐったりした様子にもう死んでいるんじゃないかとは思
いながらも、浴槽にそれを入れると、水を出すために蛇口
を捻った。

　ダバダバと出てくる水に浸かる白いスーツ。ひらひらと
水中で揺れて流れた血が、滲み出して揺らぎ、白と赤の金
魚が一緒に泳いでいるみたいだった。

　暗いシャワールーム。

　テレビの部屋にあった延長コードを取ってくると、洗面
台の前にあるドライヤーにつなぎ、それをまたコンセント
に挿す。

　蛇口を捻って水を止める。もう鬼が胸のあたりまで浸か
るくらいの十分な水が、浴槽には溜まっていた。

　俺はドライヤーの電源を入れて、温風を出す。

　どうしてこんな方法を——人を殺す方法を知っているの
か。

　俺が死にたかった時だ。

　俺が走れないと思って、死にたくなって調べた自殺の方
法。

　水の入っている浴槽。

　電源を入れたドライヤー。

　震える息を吐いて、目をつむる。

　俺は温風を吐くドライヤーを、無造作に浴槽に投げた。

　ドライヤーが水面に触れたその瞬間。

　バチッ——大きな血管が切れたみたいな、ひどい静電気が起こったみたいな、大きな音がした。

　つん、と鼻に触れた血なまぐさいような焦げ臭い臭い。

　手当たり次第に扉の取っ手を探し、手前に引いて、シャワールームを閉めきろうとした。でもコードが挟まってできなかった。

　ぎりぎりまで息を止めていた。でもコードを抜いたりバタバタしていたら限界が来た。

　次にその異臭を嗅いだ途端、案の定、それが引き金となって俺は耐えきれず洗面台の上に思いきり吐いた。

　さっき吐いてもう吐くものもなかったから胃液ばかり吐いた。

　人殺し。殺人。事故。感電死——頭の中をそんな単語が駆け巡った。

　間違ったことはしていない。

　ただ人としては失格。

　人を殺したんだから。

　誰かのためっていうのは言い訳？

　これで誰かが助かるなら、っていうのは言い訳？

　そういうのはきれい事？

　わからんよ、もう。

　でもこれで誰かが助かるなら、俺は、いくらでもこうするかもしれない。

　楽しいわけではないさ。

　苦痛だとは思うよ。今だってこんなに気持ち悪くて。

　でも、安心するじゃん？

　走っていても楽しいわけではない。

　肺が引きちぎれそうな思いで、自分を苦しめながら走るんだ。

　自分の限界を試して、ベストを出せれば俺は俺にもっと自信を持てるから。

　人を殺しても楽しいわけではない。

　肉が焦げたような死体の異臭に耐えきれず吐いて、罪悪感が込み上げてきてまた吐いて。バカみたいに苦しくて涙も出てきて。

　でも俺ももうよくわからない。

　人殺しでもいいかもしれない。これで花巻は鬼に会うことはなくなった。1人でも助かったかもしれないんだ。苦しいけど、安心する。

　この感覚は、手放したくない。

「凛上‼　来たよ、開けて‼」

　玄関の扉を叩いてそう叫ぶのは、花巻。

　合わせる顔がないな、と思った。

　これを見たらどうする？　幻滅どころじゃない。

　シャワールームですりガラス越しに死体になっている鬼を横目に、俺は部屋の入り口に向かう。流れた涙と唾液を制服の袖に押し当ててぬぐいながら。

　時刻を確認すれば、電話をしてからもうかなりの時間がたっていた。1時32分。

俺はなるべく平静を装って、扉にカードキーを挿した。

飛び込んできた花巻は息を切らしていて、すぐにでも俺を助けようとしてくれていたのだとわかる。

「もう大丈夫」

笑ってブイサインを作る。

「はあ!? 足は?」

「普通に動くよ。治った」

心配する表情がだんだん崩れて、花巻はなんともいえない呆れたような、面倒くさそうな顔をした。

「でもありがとう」

俺は花巻の頭をぽんぽんと撫でた。

花巻は何も言わなかった。

俺はそうっと部屋を出て、さりげなく鍵を閉めた。もうこの部屋には誰も入れない。

……俺だけが知っていればいい。

俺の汚いところなんて誰も知らなくていい。それが一番平和だ。正しいことだ。

花巻は俺の無事を確認すると去っていった。

その後鬼と対峙することはなかった。走ることもなかった。

ホテルの中を徘徊しても、すれ違っていたのかなかなか会えなかった。

旭と再会したのは約半時間後のことだ。

時刻は2時を回っていた。

旭は鬼と一緒にいて、俺を待っていた。

6.静かなる地獄

　2時15分。

　私と凛上は最高のタイミングで、だけど最悪の形で再会を果たす。

　凛上の戸惑った瞳が私の目線を捉えた。私は、申し訳ない気持ちでいっぱいで、何も言えなくて。

　洗面所で鬼に捕まってすぐ、凛上を捜（さが）していたら、また今度は別の鬼に捕まったのである。運が悪いにもほどがある。

　女の鬼に続いて男の鬼。

　どちらの鬼もすぐに私を殺しはしなかったけれど、やはりゲームという形に持っていこうとしていた。

　私が受けたゲームの提案は1：2——鬼1人に対し生徒が2人で行う。

　まだ内容は知らされていなかったが、誰か他に1人、参加してくれる生徒を呼ばなければいけなかった。

　凛上を見つけられたのは幸いだった。だけど……参加してなんて、言えるわけがなくて。

「ケガは？」

　数メートル離れたところから、凛上は尋ねてきた。私のほうには近づこうとはしなかった。

「大丈夫」と答える。そしたら私の前にいた鬼が、今度は凛上に話しかけた。

「もう1人は君でよかったかな？」

　どういうことですか、と凛上は聞いた。私の口からは何も言えない。

　黙っている私の代わりに鬼は、その低い声で、優しく丁寧に話してくれた。

「私は生徒が２人で参加するゲームを担当しております。たった今１人が彼女に決定したところ。彼女は自分と関係のある人を待ちたいと言った。君は彼女と仲がよさそうだ。もう１人は君でいいかな、と聞いています」

「彼女は辞退できないと？」

「そうですね。彼女は運が悪かったということで」

　鬼に掴まれた腕には強い力がこもっていた。振りきることなどできない。

　ドクン、と心臓が跳ねた。

　冷たい血が体の中を流れていた。ああ……なんでこんなことに。

「ごめんなさい。私が……捕まったせいで」

　私はなるべく、はっきりとした口調で話した。震える唇を噛む。

「参加するかどうかは自由に決めてほしい。頭を使うゲームなら得意だから。私１人でもどうにかなると思う。迷惑はかけたくない」

　凛上は笑わなかった。

　私はすべて見透かされているみたいで、怖かった。

「関係のある人って何？　誰を待ってたんだよ」

　そんなの、決まってるよ。

　でも、そういうのって、迷惑でしょう？

　凛上は、一歩ずつ私のほうに歩いてきた。

　鬼が私の腕を掴む手を離した。驚いてそちらに目を向ければ、鬼のそのうれしそうな表情を見てすべてを悟る。それはまるで、凛上の答えをそのまま表しているかのような笑みで。

「参加しよう。俺が引き受ける」

　凛上が言いきって、胸が熱くなった。

　私は感謝の気持ちを込めて彼に、深く頭を下げた。

　鬼に案内されてやってきたのは、5階のあるスタッフルーム。

　棟がどちらかなのかはもうわからなかった。ただでさえこれからゲームに参加させられるという現実に、目眩がしていた。

　部屋に至るまでの通路で血痕を幾度も見た。階段から個室のドアにまでこびりついた惨劇の痕。

　それでもあたりが静かなのだから恐ろしい。

　スタッフルームに私たちを入れると、準備のためと言って鬼は出ていった。鍵はかけていなかったが、鬼がいつ帰ってくるかわからず、怖くてドアを開ける気にはなれなかった。

　みんなこうやってどこかに隔離され、ゲームに参加させられているのかもしれない。

　それならシオンは大丈夫なのだろうか？

　無事ならいいんだけれど。もし、何かあったら。誰か助けてくれる人はいる？

　そんなことを考えて不安になっていたら、凛上が小声で

話しかけてきた。

「あれから鬼に追われて。旭のこと捜してたんだけど、全然見つからなくてさ。ずっとすれ違ってた？」

それを聞いて私はぎょっとした。

捜していた？

「え？　私のこと、捜してくれていたの」

「うん。何かあった？」

「1時間くらいゲームしていたから。お手洗いから出られなくて」

「え……？」

不安そうな目で凛上が私を見下ろす。

1時間も捜していたということ？　申し訳ないことをした。疲れただろうに。

「なんともなかった？」

「うん、大丈夫！　大丈夫だった。ぎりぎり。でも捜してくれたなんて……」

「いや、捜すでしょ、普通は」

密室空間の中で、凛上が力強く言った言葉が響いた。

普通？　そうなの？

なんだかくすぐったい気持ちだった。

男の子ってよくわからない。

「ええ」と困惑して目をそらせば、凛上も恥ずかしくなったのかそれ以上は何も言わなかった。

気まずい空気が流れた。

でも、さっきよりも不安がほぐれた気がして、気持ちが

落ちついてきて。

——そんな矢先に、だ。

予想もしていなかった事態が起こるのである。

パチッ、と導線が切れるような音がした。

刹那、白い部屋、深紅のカーペットの上に降り注ぐ暗闇。

頭上の照明が突然消えたのである。

鬼はまだ戻ってこない。部屋の真ん中に最初から置かれ
ている四角いテーブル。近くに立てかけてある2つのパイ
プイス。小窓から覗く月明かりはほのかにあたりを照らす。
が、身長の高い凛上の顔は見ることができない。

「停電？」私が問うと、「そうかな」と隣から返事があっ
た。

「今のうちに部屋出られるとか？」

「ああ、たしかに」

「開けるよ」

私はドアの前に立っていたから、振り向いてそのままド
アノブに手を伸ばした。

「待って、俺が開けるから」

だけど私が触れるより先に、凛上がドアノブを掴んだ。
声といい突然の仕草といい、ドキッとしてしまう。

そのままドアを開いて外を確認すると、こちらに振り
返って、

「大丈夫だと思う」

と、一言。

頼もしいな。凛上に会えてよかった。ゲームも巻き込ま

ないで済んだのかもしれない。運がよかった。

「ありがとう」

　2人で部屋を出る時には暗闇に目が慣れてきていた。私たちは鬼がいないのをいいことに、スタッフルームからどんどん離れていった。

　スタッフルームがあったのは客室メインの北棟5階。対して今いるのは南棟2階。

　ここまで来る間に停電は直ったが、先ほど私たちをスタッフルームに連れていった鬼は近くにはいなかった。というか、不思議なことに停電中に鬼には遭遇しなかったのである。

　どういう奇跡なのか。何か仕組まれているんじゃないだろうかと疑う気持ちもあって。

　なんとなくスマホのグループチャットを開く、と、そこには。

【今から停電を起こしますが、気にしないでください】

　……え?

　1人の男の子の書き込みがあった。それも数分前。

　名前はituki。アイコンを見ても名前と顔が一致しないため、他クラスの人なのだろう。凛上にその書き込みがあったことを報告する。

　故意に起こされたことだったのか。目的はわからないけれど、

「助かったな」

「うん、本当に助かったよ」

停電がなければ逃げられなかったかも。

よかった、本当に……。

凛上と顔を合わせて2人で笑い、胸を撫でおろす。

ゲームから解放されたと思った。運がいい。そう信じて疑わなかった。

そしてもう一度見れば、画面には通話のアイコンが出ていて。

なんだろう、と思ったその時、itukiから新しいメッセージがチャットにアップされて。

【凛上、旭さん、通話出て】

体の熱が冷めるのは、遅くはなかった。

隣で安心している凛上に、話しかけたくなんかなかった。私だって知りたくなかったから。ついさっきまであんなに、気持ちが楽だったのに、嘘みたい。

私は凛上に、スマホの画面を見せた。

すると凛上の表情が、だんだんと曇っていくのがわかって。

「……電話、出るよ」

不安で声が震えた。凛上ばかりに任せていてはいけないと思った。

ボタンをタップしてすぐ、itukiの声が画面越しに聞こえてきた。

〈もしもし!?　旭さん!?〉

「あ、はい、もしもし……なんですか」

悲鳴を上げるような彼の声が。

〈鬼がヤバいんだよ！　さっきから走り回ってて、あんた
と凛上を探してる!!〉

「は……」

　その衝撃の事実とともに鼓膜に突き刺さる。

　息が固まる。

　あまりにも大きい声だ。耳から離していたからかもしれ
ない。凛上にも聞こえていた。

〈見つかったら殺されるぞ！　黒い鬼より怖いんだよ、あ
んなの見たことない〉

　それを聞いた瞬間、自分に私のスマホを渡すように手で
合図をしてきて。頭が真っ白になりかけていた私は、それ
に従うのがやっとだった。

「もしもし、凛上だけど」

　ゲーム。

「ああ、それな……さっきゲーム始まろうとして停電になっ
たから、そのうちに鬼の前からバックレたんだよ」

　死ぬ。

「え……いや、それを言うならそっちこそ……」

　殺される。

　私の中でがらがらと何かが崩れる音がした。

　凛上の声が遠くなっていって、気づけば、その場に腰を
落としていた。

　息が荒い。

　声には出せなかったけど、ポツンと心の中でつぶやいた。

　私、たぶんそのうち普通に死ぬんだなって。

「旭！　ごめん、イツキ電話切るから」

　過呼吸になっていた。ストレスかもしれない。

　長時間思考を巡らせて、ずっと死んじゃうんじゃないかって考えて。

　勉強とか人間関係なんかよりも辛くて、辛くて辛くて辛くて……！

　涙が出てきた。バカみたいに息が苦しかった。ひどく焦っていた。不安だった。

　どうして私がこんな目に遭わなきゃいけないんだろう、今、鬼が来たらどうしたらいいんだろう。ああ、ああ、ああ、頭が痛い。

　凛上の声に従って息をしたら、だんだん落ちついてきた。

　でも今まで我慢してきた苦しい思いがあふれて、いつまでたっても立ち上がれなくて。

「大丈夫か？　ちょっと不安になったよな」

　私の肩をトントンと優しく叩いて、同じように苦しそうな顔で私の顔を見て。

　……凛上、どうして私のこと見捨てて逃げないんだろうなあ、って。

「鬼が来てもなんとかなるから」

　今この瞬間にでも現れたらどうしようという不安を、見透かしてるみたい。

　こうやって優しい言葉をもらえないと、やっていけないなんて、なんて弱虫なんだろう。嫌になってしまう。

「わ……私ね」

「うん」

「そういうこと言ってくれると、うれしい。でも辛い時って、もう目の前が真っ暗で、なんにも見えなくなっちゃうから」

　涙をのみながらそう言うと、凛上はゆっくりとまぶたを閉じて開いて、もう一度「うん」とうなずいた。

　いじめで苦しい思いをして自殺してしまう人がいる。

　誰かの言葉で傷ついて、誰かのせいで命を絶つことが、どれだけ残酷なことか。

　ねえ、凛上は光だよ。私の光。

「迷惑かけてごめん。助けてくれてありがとう」

「こちらこそ。どういたしまして」

　ほら、そうやって笑ってくれるところも好きだから。

　このままでいてほしいの。私のそばにいてほしい。

　それから再びチャットを起動すると、イツキともう1人、グループ通話に参加している人物がいた。

　まさかの形で安否確認をすることになったけど。

〈もしもし？　凛上？　みさきさんもいるか〉

　──シオン。

　その声を聞いた途端に安堵が込み上げてきて、また泣きそうになった。涙を堪えて凛上とともに、1台のスマホでグループ通話に参加する。

　2人の情報提供により、私たちを追いかけている白い鬼の位置をある程度特定できるようになった。

　イツキの証言によれば、今鬼は北棟を巡回しながら下りていっているらしい。

　スタッフルームがあったのは北棟の5階。ゲームが始まる前に自室で対策はしている。

　南棟と北棟はすぐには行き来できず、2つの棟をつなぐ通路は3階、1階にしか存在しない。

　私たちの現在地は南棟2階。

　イツキは北棟の上の階。シオンは南棟の上の階。

「俺らが鬼に会わずに上の階に行けたら、合流できるのか」

〈うん。でも、それでこっちが被害を食らうのはちょっとな……〉

「ああ……」

　イツキと凛上の会話を聞く。

　たしかに、もしそれで巻き込まれるようなことがあれば、協力してくれた恩を仇で返すことになる。

　凛上もそれは避けたいと思っているのだろう。

　そこでシオンが言った。

〈大丈夫。私そいつに会ったけど、ガン無視されたし。凛上とみさきさんしか眼中にないんでしょ？　たぶん〉

「え、そうなの？」

　思わず声が漏れた。

〈そう、だからこっちに注意が向いてないから、私とイツキくんがささっと殺すのが一番いいかも。まあ……でも私……動けないんだよね、あんまり〉

　言葉を濁すシオンを少し不審に思う。

「シオンさん、どうかしたの？」

〈ゲームやってさっきまで監禁されてたんだよ。だからさ、

えっと。あー……まあ、ビビッて動けないっていうか〉

「そっか」

　この時にいだいていた違和感を、どうして私は見逃したのか。

　後悔するのはいつだってことが起こったあとだ。

「合流したいのもあるし花巻のほうに行きたいな。イッキ、鬼今どこにいるかわかる？」

〈無害なら追いかけるけど……今は全く位置がわからないし〉

「マジか……」

　今この瞬間にも鬼が近づいているのだと思うと怖い。早く安全なところに行きたい。誰かと合流したい。

　凛上じゃ頼りないってわけじゃないの。みんな今の状況をなんとかしようとしてくれてる。

「とりあえず上の階に向かう。南棟まで来てないならいいんだけど」

〈了解。じゃあ南棟5階で待ってる〉

　そうして私たちは、シオンのところに向かうことになった。

　後ろをついていく私をちらちらと、凛上は振り返って確認しながら進んでいく。

　たまに「大丈夫？」「辛かったら言って」と言って心配してくれるのが、うれしくて、甘えてしまいそうになる。

　過呼吸になった時の、ひどく心を痛めたような凛上の顔が目に浮かんだ。電話を切って介抱してくれた。

凛上、本当にいい人だなって思う。

私、凛上のこと好きだよ。

こんなこと、絶対に今は言えないけど。

順調に進めたのは南棟3階までだった。

そこで私たちは、明らかに殺気立っているその鬼の姿を目にすることになる。

最初に出会った時、なんとなくわかったのは年配の男性だろうということ。変な仮面の上からかけている眼鏡。白髪混じりの髪の毛。白いタキシード。

手袋からたまに覗くのは、しわしわな腕。

それでもあの時より動作に無駄がなく、まわりをひどく警戒していて、その手に握られた大きな金属バットを見れば、一目瞭然。もう以前の彼とはかけ離れている。

刺すような目つき。見つかりはしなかったが、こちらから目視しただけでも鳥肌がたった。

そして白い鬼は、北棟から南棟に移動しようとしていた。

私たちがいる3階の渡り通路を使って、だ。

こちらに来ているのが見えた。

私たちは急いですぐに来た道を戻り、一番下の階まで下りて、北棟に移動した。

そこからまた上に上がってきて、3階の渡り通路へ。時間経過で鬼はいなくなっていた。

そこからまた南棟の3階に来て、5階まで後少しだったのである。

鬼の現在地もなんとなく予測していた。

　──はずだった。

　4階に行こうとして階段の手すりに手をかけた時、下の階から響いてきた足音。走る音だった。

　コックシューズの底とカーペットが擦れたみたいな。

　それはだんだんと、はっきり聞こえるようになってきた。

　私たちはすべてを悟った。

　が、遅かった。視界に彼の姿が入った時にようやく、走り出した。その時は無意識に、だった。

　階段を2階分上らなければいけない。焦り、恐怖で悲鳴を上げそうだ。

　通話を切らずに現状報告しながら進んでいたからか。私も凛上もイツキもシオンも安心しきっていた。4人いれば鬼の位置に誰かが気づくと思って。

　スマホを片手に握りしめながら階段を駆け上がる。

　息が切れる。

「花巻!!」

　4階に到達したところで凛上が思いきり叫んだ。

　ぐらぐらと視界が揺れる。目の前に果てしなく続く階段。足が悲鳴を上げていた。スピードが落ちるのを感じていた。

　凛上もそんな私に気づいた。途中で私の腕を掴んで引っ張る。ものすごい力だった。

　踊り場に出て視界の隅で踊る4F、5Fの文字。すぐ後ろに鬼がいる。もう4、5メートル先。

　金属バットを引きずって階段に打ちつけて、カアンカアンと響き渡る鈍い音が、近づいてくる。殺される!!

「来て!!」

　犬が吠えたような声が私たちの上から降ってきた。

　5階——シオンが階段の上に立っていた。

　見れば階段のスロープに縄のようなものをくくりつけて、その先を手に持っている。

　シオンが何をするかまではわからないまま最後の段を強く踏んで、5階に飛び込む。

　シオンの隣をすぎる。懐かしい匂いがした。同時に何か嫌な臭いもした。どこかでかいだことのある臭いだった。

　勢いあまってそのまま床に倒れ込む。

　それでもいつ追いつかれるかと思うと余裕もなく、起き上がって階段のほうを見る——瞬間、シオンが持っていた縄のようなものを引っ張って、スロープに結びついたそれをピンと張って、鬼が引っかかったのである。

　鬼もまた勢いがあった。引っかかってそのまま前のめりになり、倒れそうになったところを、シオンが思いきり右足で蹴り飛ばした。足の裏が鬼の腹に当たり、めり込んで鈍い音が響き渡る。

　私は怖くなって目を閉じた。

　見られなかった。

　ドサドサ、と階段から転げ落ちる音がした。金属バットも階段から落ちたのだろう。踊り場の壁に当たって小さなゴングのような音が響いた。

　息を切らしながら静かに目を開く。凛上がつぶやいた。

「死んだ？」

「……わからないけど、動かないし」

　シオンが階段の下、おそらく階段から落ちた鬼の転がっている踊り場を見ながら答えた。

　イッキがさっき電話で言っていたことを思い出す。

『お前らの名前とあとなんか叫んでたな。棄権？とか、公平じゃないとか』

　今冷静になればわかる。

　ゲームを決定したのに逃げたからペナルティだったんだ。

　私が化粧室で閉じ込められた時もそうだった。辞退すれば代償が伴うのだと。

　腕1本だった。

　でもそれは私が1人だったから。

　2人で参加のゲームならもっと代償は大きいのかもしれない。例えば片方の命とか。

　考えただけでゾッとする。

　絶句した。凛上もなんだかしんどそうだった。

「……走ってたじゃん」

　シオンが何か思い出したかのように静かに言い放った。

　前を向いたままだったからその表情はわからなかったが、なんだか悲しそうな弱々しい声だった。

　凛上は何か言いたげだったが、何も言わなかった。

　腕時計を見たら、針は3時前を指していた。

　もう30分近く歩き回っていたのか。

　あと1時間。……1時間もある。

　それでも生きていられることがうれしくて、ゲームの棄権のペナルティからもなんとか逃れて。死ぬんじゃないかって思ったから本当に怖くて。

　涙が込み上げてきた。私はもう我慢せずに静かに泣いた。

　私たちの前に立っている彼女。

「花巻」

　凛上が唐突に名前を呼んだ。

　でも……そうだよね、うん、うれしかった。シオンがまだ生きていてくれて。シオンが振り向くと、また涙があふれてきた。

　シオンは照れたように、呆れたように笑った。

　私はなんて声をかけたらいいかわからなかった。言葉が出てこなかった。

「鬼、大丈夫そう。よかった」

　シオンがしばらく見つめていた階段の踊り場から、ようやく目をそらした。

　深紅のカーペットに手をついて立ち上がる。凛上も立ち上がった。シオンを２人で見ていた。

　なぜか、彼女から目が離せなかった。

　言いたいことがたくさんあるよ。

　凛上が助けてくれたんだって。

　ゲーム、辛かったけどなんとかここまで頑張ったんだって。シオンもそうなんでしょう？

「今からは一緒に行こ」

　凛上はシオンの前に手を差し出した。

　突然のことにシオンは少しためらったようだったけど、凛上の手を取った。

　私はきっと凛上と誰かが手をつないだら、羨ましいって感情がわいてくるのだと思っていた。でも違った。そんなことなかった。

　私はシオンのことが好きだ。

　だから仕方がないって、思ったのかもしれない。

　3人で歩き出す。

　それから何回か、鬼に出会った。

　どの鬼も血を流して通路に倒れていた。階段の下にはおそらく、階段から落ちたような死体があった。

　生徒の死体も見た。

　拷問（ごうもん）に遭ったような、ひどい死体だった。血まみれだったり手足を失っていたり。視界に入るだけでショックで気を失いそうになる。

　なるべく死体のある道は避けて通るようにした。あたりは静かだった。鬼も生徒もかなり数が減ったような気がする。空気が、違う。

　エレベーターを使っても大丈夫だろうと判断し、それに乗って1階まで下りることにした。

　1階まで下りて、すぐ、私たちは衝撃の光景を目にする。

　向こうから見つからないように近くの物陰に隠れる。

　3人とも黙ってそれを見ていることしかできなかった。というより、目が離せなかった。

　白の鬼が生徒1人の腕を掴んで引きずって、どこかに運

んでいたのだ。

「どうしよう」

　震える声でつぶやく。

　凛上は「ここで出ていくのはまずい」と小声で言う。それでもこのあと、あの男子生徒がどんな目に遭うのかを想像したら、いたたまれなくて。

　まだ死んではいないはず。

　どうにか助けられないの。

　鬼が生徒を運んだ先には扉があった。

　中に鬼が入っていって、しばらくたってから、私たちはその部屋に少し近づいてみることに。扉の上には【staff only】の文字。

「いったん引こう。あいつが出てくるかもしれない」

　そう言っても凛上は悔しそうだった。

　私は引き下がりたくなくて、なんとかしたくて、扉の前から離れるのを渋って立ち尽くしていた。

　そんな時に後方から、

「いっちゃん!!」

　誰かの名前を呼ぶ低い声がして。

　フロントのホールに広がる声。彼は何度もそれを叫んでいた。

　その姿を捉えるまでそう時間はかからなかった。そして彼を私は知っていたんだ。

「名木田くん」と私がつぶやくと、凛上が反応した。

「名木田？」

　人脈の広い凛上のことだ。

　おそらく知り合いか、友達か。

　私と同じクラスの人だ。

　……同じクラスの人はもう、誰もいないと思っていた。あの朝、学校で私よりも先に名木田は、荷物を取りに来ていたのかも。

　そして移動するバスの中にはいたけど私が気づかなかったのか。

　こんなに声を上げて何事かと私たちが顔を見合わせていたら、名木田は私たちを見つけるなりこちらに駆け寄ってきた。

「凛上。いっちゃん知らない？　イツキ」

「……イツキ……？」

　凛上の顔がひきつるのがわかった。

　誰、なんて言えなかった。先ほどスマホのグループチャットで、その名前は見たことがあったから。

　名木田が一緒に行動していた人なのか。はぐれてしまったのか。

　そんなことをぼやっと考えている私とは反対に、凛上は黙って、何かを悟ったように深刻な表情をしていた。

　だけどやがて、決意したように口を開いて。

「そこ」

　凛上が指さしたのは【staff　only】の部屋。

　1人の男子生徒が鬼に引きずられていって、今も中にいる場所。その瞬間、

「鬼が連れていった。たぶん」

　指をさしながらつぶやいた凛上の声が震えていた。

　イツキという名前と運ばれていった男子生徒が、私の中で静かに結びつくのがわかった。

7.愛ならば天国

「え？　じゃあ、どうしたらいいの？」

　名木田は顔面蒼白だった。

　もう助からないんじゃないか。まだ何もわからないうちから、私はそんなことを考えてしまっている。

　さっきまで助けようと思っていたんだよ。でも、もし助けようと思ったら、やっぱり、私たちが危険をおかさなければならないんでしょう？

　助けようとして死んでしまったら……？

「名木田、中入れるか？」

「え、いや……」

　凛上の問いかけに、名木田は言葉を詰まらせた。でも、

「俺1人じゃ無理かもしれないけどさ。凛上、ついてきてくれたら」

　すぐに訂正するように、焦ったようにそう言った。でも凛上の答えは、予想外のもので。

「俺行けない」

「……。マジで？」

　さすがに無神経じゃないか、と思ったのは私だけではない。

　シオンも名木田も言葉を失った。きっぱりと、凛上が、言いきったからだった。

「イツキのこと助けたくないのかよ？」

「助けたいよ」

　凛上が頭を抱えた。

　彼も彼で悩んでいるのだろう。

　ホールの中は怖いぐらいに静かだ。

　高い天井からシャンデリアの照らすレッドカーペット。フロントの受付の女性が2人。でも、妙なことだけど、ホテルに来てからずっと私たちのことは特に気にしていなさそう。

　鬼が来るかちらちらと横目に気にしてはいるがあたりからはその気配はしない。

　むしろ目の前の扉からいつ鬼が出てくるかばかり考えてしまって、気が気じゃなかった。

「俺、殺すとか……もう……」

　凛上は小さな声で、苦しそうに、そうつぶやいた。

　殺す、という言葉が重く心にのしかかった。……え？どういうこと？

　何？

　凛上の顔は今まで見たいつのものより辛そう。大丈夫、と声をかけようかと思ったが、次に名木田の発した声でそれは憚られた。

「旭さん、なんか、いい案ない？」

　私のことはやっぱり認知していたのか。

　でも、質問に適切な答えで返せるほどの余裕がない。正直に答える。

「ごめん……思いつかない。助けられるかわからないし、なんとも言えない……」

「見殺しにすんの？　このまま」

　名木田が私の目を見て唐突に言い放った。心の奥に突き

刺さって、抉れたように痛む。

　心臓が、痛い。

　さっきもこんな状況だった。ゲームでは神経を削られるような思いだった。それも知らないの？　名木田は。

　苦労してきたのに。

　私だって、助けたいと思ってる。

　なのにできないって思ったら突き放すの？　最低だって言うの？

　……なんで、私に、聞くの？

　私の中で何かがグツグツと煮えたぎっていた。熱い感情。

　自分のものなのにコントロールができない。マグマを抱えているみたいだった。熱い、熱い、私の何か。

　今まで我慢して押さえていたものが、壊れていく音がする。

　私は名木田に言う。

「悪いことといいことがある」

「何」

　私はどうなったっていいんだよ。

　この場にいなければこんなに辛いことを考えることすらなかったんだから。

　私みたいな人って、最低だよ。

　私は名木田に提案する。

「鍵を閉めたら鬼が１人消える。逃げやすくなる。今後私たちが生き残る可能性が上がる。これがいいこと。悪いことは、その代わりに犠牲が出るってこと」

「自分を取るか友達を取るかってこと？」

「そう」

　凛上もシオンも何も言わなかった。

「私は友達じゃない。だから何が一番いいのかはわからない。でも名木田くんにその覚悟があるなら、助けるのもいいと思う。でも私は無理だと思う」

　泣きそうになった。

　イツキは友達じゃない。でもさっきまでどこかにいて、私たちのことを助けてくれていた。

　無理だよ、なんか心では思っていても絶対言えないはずだった。

　だってそういうの、心が冷たいみたいじゃん。名木田が私に向けるのは当然、幻滅の眼差し。

　でも名木田だってわかっているんじゃないの？

「俺は、生き残りたいと思ってるよ」

　私だってそう思っている。

　でも私が同じ状況なら、本当に、見殺しにするのかな？

「でもイツキだってそうなんだよな」

　名木田みたいなきれいな心の持ち主でいられるかな。私は、無理かもしれない。

　死ぬのが怖いよ。

　名木田は泣いていた。

　きれいな涙だった。私も泣くのを我慢していたけど、そのうち涙腺は崩壊した。

　「ごめんなさい、ひどいこと言って」と涙声で言えば、

名木田は「こちらこそごめん」と謝ってくれた。

　ごめんね。

　ごめんなさい。

　ごめんなさい。

　凛上がフロントに、部屋を閉めるための鍵を取りに行ってくることになった。

　「手に入れられるかはわからないけど、なんとかする」と凛上は言った。

　このホテルの部屋は基本、内側から手動で鍵がかけられるようになってはいるが、外から一方的にかけられたら内側からは開けられないらしい。

　シオンが教えてくれた。

　凛上は5分もたたないうちに帰ってきた。その手には銀色の鍵が握られていた。

　「鬼は？」凛上が尋ねてきた。

　「まだ何も。中にいると思う」私が答える。

　時間がたてばたつほど不安になってきてしまう。鬼がいつ出てくるかわからないこと。中にいるイツキのことも。

　凛上は名木田に鍵を渡した。

　私は泣き顔を見られるのが嫌でうつむいていた。シオンも泣いていた。

　唯一泣いていないのは凛上だった。

　凛上は、強いんだな。

「ごめんって、謝り、たいなあ」

　名木田がそんなことをつぶやくのを聞いたら、また涙が

どんどんあふれてきて。

　どうしよう、私はバカなことを言ったんじゃないか、間違いだったんじゃないか、本当は助けられるんじゃないかって。

　後悔と自責の念が頭の中を駆け巡ったんだ。

　ただ、名木田は扉の前で立ち尽くしていた。私たちも身構えることもできず、黙ってその時を待っていた。

　だが事態は急変する。

「あああああああああ!!」

　扉の中から突然聞こえてきた悲鳴。

「痛い」「やめろ」と連呼する男の子の声。電話越しに聞いたことがあった。今の状況からも容易に、その声の正体は断定できた。

　そして名木田が動いた。

　手からこぼれ落ちる銀色の光。

　名木田は迷いなく扉に向かった。ドアノブを掴み引くと、中に入って内側から鍵を閉めたのである。

　何が起こったのかわからないような一瞬の刹那。

　それでも我に返った凛上が取り乱したように叫んで、すぐに扉を開けようとして。

「名木田!?　おい、おい何してるんだよ!?」

「マジで俺見殺しとか無理だよ!!」

　すぐ、名木田の声がした。

「そっちから鍵閉めろ、鬼が来てるから」

「鍵閉めたら死ぬぞ！」

「死ぬよ」

　名木田は冷静だった。

「でもこれでいい、もう死んでいい」

「……」

「どうせ誰か死ぬ」

　凛上は無言で床に落ちたそれを拾い上げる。

　そして静かに、扉の鍵を閉めた。

　内側からは、それを確認するようにドアノブをさわる音がした。ありがとう、と最後に名木田は言った。

　それから少しして、中から、呻くような音や悲鳴が聞こえてきた。私たちはとてもじゃないが聞いていられなくて、その場を離れた。

　友達だから助けるとか好きだから死なせたくないとかそういうの。そんな単純なこと。

　でもすごく勇気がいること。

　地獄に飛び込むようなものだ。それでもそこにたしかな愛があるのなら、天国？

　名木田が扉に向かったあの瞬間、私は名木田らしいなと思い、安心した。

　他人事だけど。他人事だったけど。心が軽くなった。

　彼が渋っていたのは、最初からこうしようと考えていたからなのかもしれない。心のどこかで。

　こんな状況でも、誰かを思いやる気持ちを持つ素敵な人がいるんだなと。

　その存在に私は救われている気がした。

　心が洗われたような気がした。

　同時に感じた。

　私はおかしいんだと。

　誰かが助けを求めていたって見殺しにできてしまう気が
した。

　誰かを殺すことさえできてしまう気がした。

　いつか道を踏み外しそう。

　人の形をした化け物になってしまいそう。

　ああ。

　その時はいったい、誰がそばにいてくれるのだろう。

　3時30分。

　残り30分、私たちはホテルの通路を一通り巡った。そう
してあることに気づいた。

「もう鬼いないんじゃないの」

　凛上も気づいたようだった。

　鬼の気配が全く感じられないのである。ゲームをしてい
るわけでもなさそう。

　ゲームをしている時はどこからかよく悲鳴が聞こえてき
ていた。女子も男子も叫んでいた。

　なるべく、なるべく自分を騙して平気だと言い聞かせて
きた。

　それでも狂いそうになった。

　頭がおかしくなりそうだった。

　本当の地獄。

　繁華街の時よりも恐ろしい。

　精神的にかなり、私は不安定だった。

　私も1人だったら思いきり叫んでいたかも。そして、

「トイレは……死体が多かったな。女子のとこも？」

「うん」

　化粧室の前を通りかかり、そんな話になった。

　ゲーム大会後半、なぜか個室にこもって死ぬ人が多かったのだ。

　死体を直接見たわけではないが、推測はできた。ずっと閉まりっぱなしの個室で、ドアの隙間から足が出ていたり影が伸びていたり、床を垂れ流れた血が浸食していた。

　自殺、も。

　考えていたのかもしれない。こんな状況だから、死にたくもなる。

「旭の自室は？　4階だっけ」

　尋ねられて「うん」とうなずく。

「いいよな、行っても。たぶん鬼もいないだろうし。あいつら内側から閉めても鍵開けてくるけど」

「それ本当？」

「うん。俺自室にいた時に開けてきたもん」

　「えぇ」と思わず驚いてしまう。

　そんなことがあったのか。そしてどうして自室にいたのか？

　凛上は私のことを捜していたと言っていたけど、その時に自室に行ったのだろうか？　まあ、なんでもいいんだけ

ども。

　エレベーターの前に立って上の階を指すボタンを押す。
「まあ、もう時間もないし。監視でもしてない限りは気づ
かないとは思う」
「監視してるかもだけど、30分ぐらいどうにかなるんじゃ
ないかな」
「だよな」

　レッドカーペットを踏みしめるこの感覚ももう慣れてし
まった。それでもしばらくずっと歩きっぱなしで、足がか
なり痛くて。

　時折目眩がしたり体がふらつくのも、もうしばらく眠っ
ていないから体が限界なのかもしれない。

　いつから寝てないんだっけ、私。

　まあ、いいや。徹夜なら勉強で慣れているし。

　エレベーターの扉が開く。

　中には誰もいなかった。

　鬼は本当に、もういないのだろう。あれが最後の鬼だっ
たのだろうか？

　生徒はみんな必死だったんだ。生きるために鬼を殺して。

　でも、そんな、おぞましいことができるのか。鬼も一応
人だ。人を殺す感覚を私はまだ知らない。

　凛上は、階段の時に鬼を殺した。シオンもだ。でも、そ
れでも私は彼らのことを、嫌いになったりはしない。

　だって私のこと守ってくれたんだよ。生き残るためには
仕方ないことだって、今ならちゃんとわかるんだ。

そう、そうだよ。

守ってくれたのは凛上だけじゃなかったんだ。

エレベーターの扉が閉まる前に、内側にある、4のボタンを押す。

血の気の引いたその細長い指の先には、黒くきれいにマニキュアが塗られた爪。

手のひらにはべったりと、インクみたいな赤黒い液体がついている。

凛上の背中におぶられた彼女の手のひらを握れば、ぬるぬるとした血で私の手が濡れた。

カッターシャツのお腹のあたりは赤く染まり、ナイフか何かが刺さったような痕が無数にあった。

エレベーターの扉が閉まる。

静かな空間で凛上が、その背中の上にいる彼女に、優しく笑いかけた。

「頑張れ、花巻」

シオンは苦しそうに目を閉じて、喋らなかった。

シオンとの再会。涙がより一層あふれたのは、その状況があまりにもひどいものだったからだ。

階段で鬼を殺したあと、ボロボロのシオンの姿に言葉を失った私たちを見て、シオンは、お腹を押さえながら笑った。

見れば複数箇所刺されたような痕があり、苦痛で顔が歪んでいた。

『今からは一緒に行こ』

　少しためらってから手を取ったシオンがつぶやく。

『気持ち悪いことしないでよ。凛上らしくない』

　嫌そうな顔だった。

　私はシオンに嫉妬なんてしなかった。なんならもっと助けを求めて凛上を頼ってほしかった。私には、何もできないと思ったから。

『お前、ホントに、それ。……何があったんだよ』

　凛上はやっとのことで絞り出すように、言う。大丈夫？なんて簡単に聞けないくらい、私はショックを受けていた。

　シオンは思い出して、悔しがった。

『ゲームで負けたんだよ。あぁでも麻酔を打ってくれたから、別にそこまで痛くはないんだけど』

　鬼に捕まったのか。

　ゲームを1人で受けた。そして、負けた……？

『麻酔？　鬼が？』

『そう。麻酔つきで腹を刺すのが負けた時のペナルティだった。回数はまあ、ゲームの内容でさ……いろいろあって』

『えげつないことする鬼もいるんだな。あんまりキツかったらおぶるよ』

　凛上に手を引かれているとはいえ、ふらふらとした足取りで歩くことも辛そうだった。

　そして何より、

『血……すごいよ、どうしよ。止めないと』

　見ているだけでこちらの血の気が引きそうな、出血量。

　お腹に触れた手のひらにもべったりと鮮やかな赤がつくほどの、大量出血。何かで押さえないと、と気が焦る。

　ただシオンは、いつもより不安そうな私たちを見て、おかしそうに吹き出すと、なんともないように、笑った。

『あはは！　2人してなんでそんな心配すんの。ホントにそんなに痛くないんだって。自分でも怖いんだけどさ』

　ゲームのことを話す時も、悔しそうだったけど、全然辛そうじゃなかった。

　電話の時も隠した。

　だからこうやって会うまでシオンの状態に気がつかなかったんだ。

　なんでこんなに平気でいられるの？　そう聞きたくなるくらい、シオンは平然としていた。顔色は悪いのにいつもどおりの振る舞い。

　何が本当なのか。シオンはどうして笑うのか。

『俺は本気で心配してんだよ』

　凛上が、少し低い声で、怒ったように言った。

　私もそうだよ。

　ふらふらするシオンの手を引きながら、私たちはいつもよりスピードを落としてゆっくり歩みを進めていく。

　でも、シオンは凛上の言葉を聞いて、ため息をついた。

『……私はさ、そういうのは嫌いなんだよ』

　シオンは謝ったり弱音を吐くどころか、ケンカを売るように凛上を下から見上げて睨んで、静かに吐き捨てるように吠えた。

『手ぇ貸してくれるのは有り難いけど、全部預けられるほど弱ってはないから。まだちゃんと歩けるのにそこを頼るのは違うでしょ』

凛上にも私の中にも、シオンの発言に言い返す言葉はなかったと思う。

やがてエレベーターの前につくと、あたりに鬼がいないのを確認して下の階に下りるボタンを押した。

痛いなら我慢しなくていい。

辛いなら甘えてもいい。

そんな考えを覆（つがえ）すようなシオンの態度に、不思議と苛立ちは感じなかった。むしろ、ひたすらに、寂しかったと思う。

『簡単には死なないって、そう言ったじゃん。前言撤回（ぜんげんてっかい）とかしないから』

シオンは苦笑した。

意地でも頼らないとでも言いたげな顔だった。凛上は『わかった』と言っただけで、それ以上は何も言わなかった。

私もその時は、何も言わないことが正解だと思った。

ただ、名木田のいる部屋に鍵を閉めて、そこを離れてすぐに、シオンは立っていられなくなってしまった。

呼びかけても答えることが辛そうで、凛上は本人の意思も聞かないまま背負い、どこかに運んで寝かせようと提案したのだ。

私の部屋についてすぐ、ベッドの上にシオンを下ろして、凛上が様子を見ようとする。シオンは少しだけ目を開いて、

「ああ」と低い掠れた声で呻く。

「どう？　気分は」

「……頭痛い、気持ち悪い……お腹痛い」

「全身やられてんな」

　凛上が笑うと、シオンはくっくっと声を出さずに笑った。

　私はバスルームのほうに向かい、予備のタオルケットを持ってきて、シオンのお腹の上に置いた。それも異常なほどすぐに赤く染まってしまう。

「先生に聞いたら、死んでたわ」

　シオンが天井の、どこか遠くを見つめるように目を細めた。

「マイ、死んでた。先生助けてくれなかったんだ。私が、ちゃんと、注意してれば死ななかったのに」

　繁華街での鬼ごっこのあと、シオンが連れていた女の子のことだとわかった。

　あの足がなかった女の子。

　そうか。そうだったのか。

　あいつらは助けようという気持ちすらないのかな、とシオンが鼻で笑うのを聞いていた。シオンの目は潤んでいた。

「会いたいね」

　私はなるべくそっと、笑いかけた。

　傷つけないように笑った。シオンが嫌いそうな同情だった。でも私には何も、他にかける言葉が見つからなかったから。

　そしたらシオンの目から1粒、また1粒と透明な雫が流

れた。名木田の時と同じ。きれいだな、と素直に思った。

　雨上がりに見るあの、草の葉からつうっと垂れて流れる、ガラスみたいな柔らかい露のような。

「そうだねえ」

　シオンは顔を手で覆った。

　時間が緩やかに、流れていくのを感じる。

「何かしてほしいことはある？」

「死ぬところは、見られたくない」

「……出ていったほうがいい？」

「任せる」

　もう、声を出すのもやっとだったのか。

「ありがとう」

　囁くようにそう言ったのを最後に、シオンは喋らなくなった。

　話しかけたいけど、無理はさせたくない。

　ただ何もしていないとこのまま、静かにシオンは消えてしまう気がした。じっとしていられなかった。

　お腹に置いたタオルを持てば、掴んだ手にじんわりと滲むほど、生温かい血を吸い尽くしていた。

　私はタオルを別のものに替えに行こうと思ったけど、凛上が私を止めた。「部屋から出よう」——凛上の声がやけに耳についた。

「弱ってるところは誰だって見られたくない」

　たぶん、わかってるよ。わかっているはず。

　だってシオンもさっきそう言ってた。

　なのになんで、こんなに頭の中がぐちゃぐちゃなんだろう。ドロドロして、気持ち悪い。

「私、まだ、よくわかんない」

　血で濡れたタオルを、そうっと抱きしめた。冷たく、黒くなっていく。だんだん風化していく。

　この気持ちは？

　この苦しみは忘れてしまう？

　ぐわんぐわんと頭痛がした。

　天地が流転しそう。目が回る。

　私たちの会話に入らず、顔を手で覆ったままのシオン。胸のあたりが膨らみ、沈んでいく。息をしている。それを見て安心する。

　でもそれもいつ止まるだろう？　わからない。

　もう死んじゃうかもしれない。

　嫌だ。どうしよう、どうしよう、どうしよう。死ぬ？本当に？　シオンが？

　その場に立っていられないほど、体がぐらりと揺れた。よろめくと、凛上が私の両腕を掴んだ。

　制服の上からだったからその温かさは感じられなかったけど。

　倒れそうだった体も乱れかけていた心も、その衝撃がただしてくれたと思う。

　私は、わがままだ。

「まだ、死ぬって、決めたくない。決めたらすぐに死んじゃいそう」

「うん」

　なるべく、優等生のように演じてきた。

　他人の前ではにこにこ笑って、自分でもよくやってるなって思ってた。自分自身に感心していた。

　でも全然、優等生なんかじゃなかったよ。

　いざという時に何もできない自分が本当に、本当に嫌だった。

　何かあっても他人事だと片づけて、流そうとして。入川くんのことも、名木田のことも、シオンのこともそうだ。

　なんて冷たい人間なんだろう。

　どうしてこうなってしまったんだろう。

　どこから間違えたのか。

　根っからの悪人だったのか、私は。

　意気地なし。バカだよ。本当に、バカ。

「何かできるんじゃないかな。やっぱり何もできないのかな。って、そればっかり。悔しかった……今も悔しい。こんなゲームに参加しなきゃよかった、って……考えるの」

「うん」

「助けたい人がたくさんいたんだ」

　私が泣き崩れると、凛上は私の腕を掴んでいた手をほどいて、ゆっくりと、私の背中に腕を回した。

　柔らかく包み込まれる。

　親にこうやって抱きしめてもらったのはもう何年前だろう。

　誰かに抱きしめてもらうと、こんなにも安心するのか。

　久しぶりの、懐かしい感覚。

　なんとも言えない匂いがした。

　ふわりと香るそれは、石鹸のような、柔軟剤のような。
どこか落ちつく爽やかな匂いで。

「俺らができることはもうやったよ。花巻も喜んでたよ」

　あいた首元で揺れる凛上の黒髪がくすぐったい。

　涙が止まらない。

　喜んでいた？　本当に、そう思う？

「ありがとうな。優しいもんな、旭。お前は……生きてく
れてるだけでいいんだよ。もう、十分」

　今度は私が凛上の背中に手を回した。

　優しくないよ、優しくないよ。優しいのは凛上のほうだ
よ。

　私のこと守ってくれてありがとう。

　迷惑ばかりかけてごめんね。

　言いたいことが言えないまま、嗚咽に溶けて消えていく。
ちらりと視界に映ったシオンの手が、顔から外れて布団の
シーツの上に落ちていた。

　涙でぼやけて、はっきりとは見えなかったけど、肌は蝋
のように白く、生気のない色をしていた。薄暗い部屋の空
気に滲むようだった。

　死んでしまったのかもしれない、と思った。そしたらよ
り一層、今度は視界を埋め尽くして大きく揺らすほどの涙
があふれてきた。

　今死にたくて仕方がないよ。

もう消えてしまいたい。

たくさんたくさん疲れたの。

死んでしまった人に会いたい。

謝りたい。一緒に笑ってほしい。遠くにいないでそばにいてほしい。

辛いの。苦しいの。命が大事だとか私が生きてる意味とかもうよくわからないけど、ちょっと前までそこにいた誰かがいないって思うと、寂しくて死んでしまいたくなる。

ああ、でも。

生きててくれるだけでいいなんて、凛上は、なんて素敵なことを言ってくれる人なんだろう。

ゲームが終わったとスマホに連絡が入った。朝の4時。まだ外は暗かった。

ホテルから外にようやく出ることができた。

送られてきたメールには次の指示が書いてあった。次に集合するのは明日の朝で、またこの建物の前に戻ってこなければいけなかったけど。

それまでは自由だと書かれていた。何をするのもどこに行くのも、自由だと。丸1日休みがとれるのだ。

私と凛上がホテルの外に出た時、私たちの他にも数名、生徒が生き残っていた。

ただ "数名"。

そこには凛上の知り合いはいたが、私の知人はいなかった。

顔は見たことがあるけど話したことはない、そんな生徒

ばかりだった。

　うちの学年は人数が多いからそういう人も多い。仕方がないことだけど。

　当然、この先も凛上がずっと私と一緒にいてくれるわけがないと思っていた。

　知り合いを見つけた時、その人の名前を呼んでそちらに駆け寄っていって。

　知り合いの生徒は凛上と一緒にいた私のことを見て不思議そうな顔をしていた。なんで旭さんが、とでも言いたそうな顔。

　今までも何回かそういうことはあったけど。

　でも、やっぱり友達か私か選べと言われたら、凛上は友達を選ぶんだろうなあ、とぼんやりと思った。

　私は凛上がしばらくその人と喋っているのを見ていたけど、ホテルを出てまだ空が暗いうちは寒くて、外にずっと立っているのは体力的にもかなり厳しいと判断して、どこかに移動しようと考え始めた。

　スマホを取り出してこのあたりの位置情報を確認する。私たちがいた町からはだいぶ離れている。

　ホテルに事前に直接運んだキャリーケースの中に予備のお金があった。今もキャリーケースは手元にある。

　凛上もキャリーケースではないけれど、黒の大きなカバンを持っていた。

　お金があるから部屋でも借りて休もうかな。ネットカフェとかあったらいいんだけど。

　スマホで探すが、なかなかあたりには見つからない。私が住む町もそうだけど、このあたりはだいぶ田舎だから。

　丘の上で高い位置にあるホテル。真っ直ぐ前を見れば、暗い中でも海が見える。

　海か……海も行きたいな。

　でももうそんな体力もない。

　霞む視界。目を強く擦る。

　頭がぼーっとする。とりあえずどこかで横にならないと、この先がもたない。泊まるところ……。

　手足がひどく冷えている。

　寒くて震えながらスマホを操作していると、凛上がこちらに寄ってきた。

「旭、このあと誰かと一緒にいる？」

「ううん、1人」

　さっきまでずっと泣いていたから目元がまだ腫れているかな、とか変な顔していないかな、とか、気になってしまう。

　私はにこにこと笑って答えた。

　凛上はそれを聞いて「そう」と息を吐いた。

「どこ行くか決めてる？」

「ネットカフェとか。どこか借りようかなって」

「あぁ、なるほど。近くにあった？」

　調べていた途中のスマホの画面を、凛上が隣に来て覗き込んだ。顔が近くて驚く。

　私は耳が近くにあるからなるべく声のボリュームを落と

して「ない」と答える。

こういうの、無自覚？

こっちはこんなにもドキドキしてしまうのに。

でも、気持ちが楽になって、うれしい。

あたりが暗いため後方から伸びるホテルの明かりが頼りだった。それにかすかに照らされる凛上の横顔が、とてもきれいで整っていて、思わず見とれてしまう。

この人にはどれだけ助けられたか、と思いながらじっと見ていたら、私の視線に気づいた凛上が「何」とつぶやいて。

「俺にも来てほしい？」

にやりと笑う凛上。

私は顔が熱くなって、「はい!?」と裏返った声で反応した。何それ!?

「そんな顔してた!?」

１人で勝手に恥ずかしくなってパニックになる私を、凛上はくすくすと笑って「冗談冗談」と受け流す。

どういうつもりなんだろう……。

「そっちはこれからどうするの？」

「俺もどこか探すよ、休めるところ」

目的は完全に一致しているのに、私は勇気が出なかった。

自分は完全に凛上に惚れているというのに、それを認めて行動に移すのには苦戦するのだ。面倒くさいなあ、もう。

『だったら一緒に探そう』って言えば済む話なのに。凛上も、そこまでは言わなくて、私たちの間に沈黙が生まれ

た。

　むず痒い。なんなんだこれは。

「気ぃつけてね。何かあったら呼んで」

　先に沈黙を破ったのは凛上だった。

　優しかった。私はなんだかもったいないことをしたなあ、と思った。同時にあることを思い出した。

　——頼まれたからにはさ、そばに置いとけるように努力するよ。

　前に凛上がそんなことを言っていた。そばに置いてって私が頼んだんだよ。でも凛上、もう覚えてないのかな。

　それがわかった途端に悲しくなってしまった。頭がくらくらしてきた。

　もう、私は勇気もないし、凛上のこと追いかけていても、こんなのだから、そばにいて迷惑だと思われていそう。

「そっちこそ……。ありがとう。じゃあね」

　彼の前からいなくなりたい。

　そしたら私のことちょっとは考えてくれる？

　なんて駆け引きみたいなことを考える自分が嫌になる。

　私はそれだけ話すと凛上をかわして１人で歩き始めた。

　寂しい。

　悲しい。

　でも、贅沢なんてできない。欲張りにもなれない。

　こんな状況で恋するなんてどうかしている。

　私はもっと緊張感をもたないと。

　凛上だって今は、恋愛どころじゃないはずなのに。じゃ

あなんで思わせぶりなこと言うの？

　一緒に来てほしいよ。

　でもそれ言っちゃったら私、凛上のことが好きだってバレてしまうじゃんか。

　そしたら凛上は、今までみたいに友達だったように、優しく私に接してくれる？　幻滅して離れていくんじゃないの。今よりもっと、面倒くさいやつだって思われそう。

　遠い海を眺めながら宛もなく進んでいく。

　そうしてホテルから伸びる光が届かなくなってきたところまで歩いた時、突然、キャリーケースを持つ手に力が入らなくなった。

　自分自身のことなのに理解すらできていなかった。後回しにしていた。騙し続けていた。

　でもこれが正解だった。

　弱音を吐くわけにはいかなかったんだ。

　もうどうにでもなれ。

　一瞬、浮遊感に襲われて、体が前のめりに倒れる。私はもう限界だったのか、と悟る。

　地面の上に打ちつけられた痛みが全身に走ると、私は目を閉じた。

　冷たいコンクリートが当たった肌から体の熱が奪われていく気がした。それ以上は意識が遠のいて、何もわからなくなった。

8.優しい思い出

【凛上side】

　人生は予想もできないことだらけだ。

　例えば陸上ができなくなること。

　成績を上げたくて参加した合宿がバカげたゲームだったこと。

　人を殺したこと。

　大切な友達が死んだこと。

　好きな人をおぶって歩くこと。

　本気の恋をすること。

　モテなかったわけじゃない。自慢になってしまうけど、俺はそこそこ女子にはモテていたと思う。

　バレンタインになればチョコももらったし、中学に入ってから告白されることもあった。

　でもなんか、付き合おうとは思えなくて、相手を振り回している感じが嫌で。自分に向けられる好意をうれしいと思う反面、どこか恋愛を嫌っていた気がする。

　俺はたぶんのんびりやりたかったのかな。

　自分のペースを崩されることに対して、しんどいと感じる。あまり気はつかいたくない。サバサバした性格？　冷めてる？

　でもクールで無口な人が好きなわけじゃない。笑っている人を見るとうれしくなる。明るい人は好きだよ。

　旭を好きになったのは一目惚れ。

　絶対にこんなことないと思っていた。

　俺がこんな性格だから、きっと段階を踏んで徐々に好き

になっていって、気もつかわなくなっていって、付き合ったりするのかな、なんて。

　そんな考えをすっ飛ばして好きになった。いつだったか。もう忘れたけど、かなり前。

　気づいたら廊下ですれ違うことを期待して、見かければ一方的に目で追うようになった。

　なんだろうな。

　何が俺をこんなに好きにさせるのか。

『凛上、どんな人が好き？』

　友達が前にこんな質問をふっかけてきたことがある。休み時間に。あれは返答に困った。

『常識はあってほしい』

『賢い人？』

『……うーん』

　真剣に考える。

　賢い人が好きなのか、俺。いや旭が賢いのは知っているが。

　なんか違う気がする……。

『旭みさきさんとかタイプ？』

　急に具体的に友達が聞いてきて、俺は固まった。そいつはもう俺の恋愛事情など把握済のよう。俺の反応を見て『図星か』とにやける確信犯。

　前もある女の子の告白を断った時にすぐにその話を入手していた。謎だ。

『なんでそんな具体的なの？』

　まわりの人がこちらの話を聞いていないか不安で小声で
尋ねると、彼はそんな俺がおかしかったのか、げらげらと
笑った。

『わかりやすいんだよお前』

『でも釣り合わない』

『いや〜？　いけるくね？　お互いモテモテじゃん』

『チャラいの嫌いそう。陸上部員ってそういうイメージあ
るし』

　実際陸上部のメンバーはほとんど誰かと付き合ってい
る。陸上部員同士もいるしそうでない人も、クラスメイト
とか。

　ハーレムなどと騒がれることもある部活。

　いや部活自体は何も悪くないんだけどさ。

　そういう人と付き合うって旭、嫌なんじゃないだろうか。

『凛上どっちかって言うと真面目だよ？　女遊びとかして
ないし』

『……人聞きの悪いことを。そういうのはお互い悲しくな
るだろ』

『ほら！　真面目』

　何が楽しいのか彼は大きく笑った。

　まわりにいた他の友達も「くそ真面目」と笑ってバカに
してくる。そうなのか。よくわからない。

『彼女欲しいよなぁ。長くは続かないって言うけど』

　俺に質問してきた彼が、そう言ってため息をついた。

『そうなの？』

『そう。1年続いたら長いほうって聞いたことない？』

『そんな短いの？　マジ？』

　かなり驚いた。目を見開く。

『ていうか学年の中でもあんまいないだろ？　長続きして
るカップル。みんなすぐ別れるよ』

　他のカップルの事情なんか知らないんだが。でも……そ
うなのか。なんだか急に不安になってきた。

　俺、結構自信あるんけどな。

　ちょっとのことで別れるなんてもったいない。ケンカす
るほど仲がいいとは言うけど、それのせいで別れることも
あるし。

　本当にこればかりは付き合ってみないとわからないの
か。恋愛ってなんて恐ろしいんだろう。

『なんだかんだ付き合ったことないもんな、凛上。意外す
ぎる』

『付き合っても俺がフラれそうだし』

『なんで？』

『なんとなく』

　俺、頭もよくないし。

　付き合ってからたくさん喜ばせて、幸せにするなんて約
束できない。

『じゃあフラなさそうな一途（いちず）な人がいいんじゃね』

『うん』

　"フラなさそうな一途な人"。

　たぶん一番難しい条件。

　旭にどうしたら近づけるかな、って考えていた。

　成績を上げようと思ったのも1つの理由だけど、旭が参加すると知ったから、ってのも、合宿に参加した理由だった。

　偶然、先生に紙を提出しに行く旭を見かけたから、わかっただけ。

　俺は追いかけていたよ。

　でも別に、めちゃくちゃ好きだから、絶対に振り向いてほしいとか、そういう気持ちはなかった。

　ホテルの従業員にタクシーを呼んでもらった。俺が旭を背中におぶっているのを見て、大丈夫ですか、とフロントの女性に声をかけられる。

　あんたたちに何がわかる？

　俺らがおかしいのは知っているよ。

　まだなぜかはわからないけど、"俺らに見えているものが普通の人には見えていない"ことも。

　それでもあんたらは俺らが、ホテルにたどりついた時に笑ったんだ。何に苦労して振り回されているか、何度も恐怖して絶望しているか、知らないで笑った。

　みんな他人事なんだ。

　別世界に来たみたいだった。

「大丈夫です。力はあるので」

　怒りを抑え込んで無理やり笑った。

　フロントの女性は「わかりました」と言った。それだけだった。

　そのうちタクシーの運転手の姿が、ホテルの玄関のガラスドア越しに見えると、俺は建物を出てタクシーに乗り込んだ。

　自分の持っていたカバンは友達に預けた。ゴミ捨て場まで運んで処分してもらうように頼んだ。

　旭のキャリーケースは一応、大切なものが入っているかもしれないから、持っていこうと思う。

　俺は先に旭を、タクシーの後部座席に下ろして、白のキャリーケースをトランクに入れた。

「お客さん、どこまで？」

　白髪でニカッと歯を見せて笑う、気のよさそうな運転手が、俺に聞いてきた。

「この辺に学生にも手ごろな値段で泊まれそうなとこってないですか？」

「あぁ。この辺はないかなあ。海の近くまで行ったらちらほらありますよ。店もある」

「じゃあ海の近くまでお願いします。時間はどれぐらいかかりますか？」

「20分くらいかな」

　……海か。

　スマホを見て時間を確認すれば、4時過ぎ。つくのは4時半。まだ暗い。なるべく日が出てから行動したい。

　だいたい、いつも6時くらいが日の出の時刻だった気がする。

　6時まで1時間半、その間はどうやって過ごすか……。

「朝から予約を入れるんですか？」

「はい、なるべく早く休めるとこを探さないと……」

　旭。

　いきなり倒れたけど、先生に預けたら花巻の友達のように、もう戻ってこないんじゃないかって思うと、頼れなかった。

　……旭は、1人だ。

　頼りにされるのはうれしいよ。でもこんな形で、必死にならなきゃいけないのってなんか、悲しいよな。誰も他に気にかけてくれる人がいないから、俺が、ってだけで。ああ、俺にももっと余裕があれば、よかった。

　ずっとそばにいればよかった？

　彼氏彼女の関係でもないから馴れ馴れしくできない。ある程度距離を取って1人にしたりした。でも、そういうのって旭はどう思っていたんだろう。

　何も考えていなかったんだな、俺は。

　旭に本当はどう思っているのかと、聞くこともしなかった。

　もっと、俺がちゃんとしていれば。

　自責の念に心が揺れる。

　宿のことや旭のことや、これからのことで、頭がいっぱいで、パンクしそう。

　ふう、と息を吐いて目元を右手で覆う。

　そしたら何を思ったのか、運転手の彼が、

「知り合いに宿やってる人がいるんだけど、そこに連絡入

れてみましょうか？」

　そんな提案をしてくれた。

　あまりにもタイミングがよすぎて、うれしいはうれしかったけど疑う気持ちもあって、素直にガッツポーズはできなかった。

　それでも俺は彼の言葉を信じずにはいられなかった。

「いいんですか、できればお願いしたいんですが」

「あぁ。いいですよいいですよ。学生さんだね？　2人でよかった？」

「はい……すみません、お願いします」

　彼が電話をかけてくれている間に、先に車の中に入らせた旭の様子を確認する。大丈夫そう。眠っている。

　あの時頭は打ってなかったかな、と、1つ結んだゴムが緩くなってとれそうになっている髪の毛を見る。

　髪の毛を結んでいるところはあまり見ないから新鮮だった。でもずっと、かわいいな、って伝えるタイミングがなかった。

　それから彼が電話をしながらペコペコと頭を下げている様子をぼんやりと見ていた。

　彼は額の汗を少しぬぐってから、スマホを耳元から離してこちらに振り向いた。

「1部屋空きがあるらしいですよ。今からでも用意できますって」

　はやる気持ちを抑え込んで尋ねる。

　期待してしまう。こんな展開そうそうない。

「値段とかもわかりますか？」

　そうして彼が教えてくれた値段は、俺の手持ちのお金で払える金額だった。学生料金ということで安くしてもらえたのだ。

　俺はスマホを借りると、画面の向こうの女性と少し話した。宿主らしい。落ちついた雰囲気の人だった。

　ありがとうございます。よろしくお願いします、と俺は伝えた。

　タクシーの運転手はその宿まで連れていってくれるらしい。

　もちろんお金はかかるけど、先生から事前にもらったものと自分が家から用意してきたものを足したら足りそうだった。

　タクシーが走り出す。

　俺は前の座席。旭は後ろの席に寝かせておいた。

「ここら辺では見ない制服だけど、どこの高校ですか」

「あ、まだ中学生です。中学３年生」

「中学？　最近の子は背が高いからわからないな」

　カッカッと笑ったおじさん。俺は住んでいる町の名前も教えたが、それを聞いてもパッとしない顔だった。彼は知らない場所なのだろう。

　車内ではうっすらタバコの臭いがした。

「後ろの子は、彼女さんですか？」

「いや……。友達です」

「どうして一緒に？」

　聞かれて、戸惑った。

　どうして？　理由がいるのか。

　端から見たらカップル。男女の友情？　いや、俺はちゃんと旭に惚れているよ。それってつまり、俺が、

「俺が。俺の、思うように。しようと」

　そうつぶやいて、運転手のほうを見たら、驚いたような顔をしていた。

　自分の言葉の意味を理解するや否やすぐに顔が熱くなってきて、それを冷ますように冷たい手のひらを額に当ててから、前髪をかき上げた。

「変な意味はないですよ？　あの。疲れて倒れてたので、休ませてあげないといけないから」

　裏返った声になりながら弁解する。

「友達もいなくて。寂しいだろうな、って。俺しかいないわけじゃないけど、今は、俺がなんとかしないといけないかなって、思って……」

　早口で支離滅裂なことを言えば、彼はそれがおかしかったのか、前を向いたまま笑い出した。どうしてか微笑ましそうな顔だった。

「素直な人なんですね。その子もうれしいだろうね、こんなに必死になってくれて」

「ああ。……はは。そうなんですかね」

　俺は窓の外に目を向けた。

　「そうですよ」と彼は言う。俺は、素直か。そうか。

　心臓がドキドキしていた。

暗い住宅街を抜けていく。

流れる景色から闇は消えないけれど、月明かりと街灯がぼんやりとあたりを照らしていた。

「海の近くにある旅館なので、さっきも言いましたけど、あと15分くらいはかかります」

「はい」

俺、素直かな。

……本当は、違うよなあ。

自分のことなのに少し時間がたてば、冷めた目で見てしまう。俺は旭のことは好きだよ。恋愛感情は持ってる。

キスはしたい。抱きしめたり、そういうこともしたいと、思う。でもそういうの、旭はどう思うんだろう。

俺のことめちゃくちゃ好きじゃなくていいけど、少しは見てくれているのかな。

俺はバカだから何もかも見透かされてそう。割と素で振る舞えることが救い。隠し事はしても嘘はつかないから。

花巻には本当に世話になったと思う。俺のことを思いやりをもって見ていてくれた。

でも、花巻の前では作り笑いとか、とっさに癖が出たりするのが抜けなくて。

俺、悪いことしたよな。

なんで心を開けなかったんだろう。そんなに陸上のできるやつが羨ましかったの？

じゃあ俺って最低だろう。

信じたくない人には冷たくするのか。

　……花巻。もう、いないけどさ。

　吐息がガラスに触れて白く濁らせる。街灯が淡く滲む。夜明けまで時間はある。

　俺は静かに目を閉じた。

　車の振動に揺られていると睡魔に誘われて、そのうち意識が落ちていった。

　目を覚ましたのはタクシーの運転手に起こされた時だった。

　俺はすぐに制服のズボンの後ろのポケットに入れてある財布を出して、お金を払った。

　キャリーケースは彼が旅館まで運んでくれた。俺はまだ眠っている旭の体をなんとか上手く背負って、車から離れたのだけれど。

　それまでだらんとしていた旭の体が急に重く感じて、俺は違和を感じた。

　そしてそれは間違いではなかったよう。

「ありがとう」

　背中からくぐもった声がした。俺はハッとして立ち止まった。「起きた？」と尋ねたら、「うん」と返事が返ってきた。

　旭が目を覚ました。

　俺はうれしくなった。同時に安心した。

　でも旭の声は震えていて、どうしてか、泣いているような気がした。

　俺は、いつものように「大丈夫？」と尋ねた。

　倒れたぐらいだから、よほどしんどかったのだろう。目を覚まさなくても寝ていたらよかったのに。

　それに『ありがとう』なんて。

　俺、勝手にこんなところまで連れてきたし、悪いことしてるだろ、絶対。

　なんだか気持ちが複雑だった。

　遠くから「大丈夫ですか？」と運転手が俺に尋ねてきた。

　もう目線の先に見えている旅館からは、和服を着た女性──おそらく宿主なのだろう──が出てきて運転手と並んで、こちらを心配そうに眺めていた。

　早く行かないと、と思いながら再び歩き始めた。

「足が動くなら、担いで……走るの？」

　旭がふと、そんなことを尋ねてきた。

「えぇ？」

　いきなりのことで笑ってしまった。寝ぼけているのか？と一瞬思った。

　でも記憶を辿ってみたら、繁華街の時、そんなことを口にしたような気もした。俺が死にかけでも、できるなら、旭のことは助けたい、って。

　そう言いたかったんだ。だから、遠回しだけどそんなことを言ったんだ。ああ、だんだん、記憶が鮮明になってきた。

　間を置いてから、「そう。そうだったな」と俺は言った。

　でも。俺は嘘つきだったよ。

　旭に嘘はつきたくなかった。無意識か。あの時はとっさ

に言ったことだ。何も考えていなかった。

　旭の声が震えていた原因はわかった。おそらく泣いているのだろう。なんでかな、なんでだろうなあ。

　俺は、なるべく丁寧に旭に伝えた。

「でもやっぱり走らない。ゆっくり歩くから」

「うん」

「寝てていいよ」

「うん……ありがとう。本当に」

　俺まで泣きそうだった。

　涙を堪えて旭を背負って歩いた。背中が温かかった。旭の『ありがとう』という言葉が、俺にはかなり重い言葉のように感じた。

　俺はもう走らないと宣言した。

　俺はもう走らない。辛いな。辛い。こんなにも辛い。

　認めたくなかった。苦しかった。今までも認めたら終わりだと思っていた。まだ頑張れるって。

　誰かが見ていてくれる。

　俺の頑張りは必ず認められる。ずっと期待していた。

　長い戦いだった。結局どれだけもがき苦しもうと、救ってくれる人はいなかった。

　頑張れ、走れ、って後押ししてくれる人は誰もいなかった。誰も俺の味方じゃなかった。

「どうしたの？　大丈夫」

　宿主の女性が俺を見て、眉を下げて心配した。「大丈夫です」──俺はボロボロと涙をこぼして泣きながら笑った。

泣かずにいられるわけがなかった。

満天の星が俺を見下ろしていた。

いつか走れるようになりますようにと星にも月にも、何にでも必死に願いを何度もかけた、あの日々が懐かしい。

大丈夫。

もう大丈夫。

俺は頑張ったよ。

今は心が軽くなった気さえする。

もうやっと、俺はこんなにも大好きな"走ること"から、離れられるんだと思うと。

長い睡眠を取るために朝食は抜きにして昼食、夕食の2食つきの1泊という話になった。昼食の時間には部屋に来てくれるらしい。

何かあった時は部屋に備えつけの電話を使ってもいいらしい。

2人分の布団まで敷いてもらい、俺は宿主の女性にも手伝ってもらって、旭を布団の上に下ろした。よほど疲れていたのかぐっすりと眠っていた。

1日目は学校での鬼ごっこ。2日目は繁華街を走り回って、ホテルでは日をまたいで心身共に疲労して。

1日目はずっと見張っていたから眠れなかった。でも俺はホテルについて、ご飯を食べたあとはしばらく寝たから休めた。

旭は休めなかったのかも。こんな状況だから気を緩められなかったのか。

かなり……疲れた。

会計を済ませるために部屋を出て、レジのある玄関まで来ると、俺は2人分のお金を払った。

タクシー代も払えるほど金銭的には余裕があった。先生から給付されたお金はこういう時のためのものだったのかもしれない。

部屋に戻って窓際のイスに座れば、スマホの電源を入れて、時刻を確認する。

4時40分すぎ。あと1時間もすれば日が昇る。

金庫に財布を入れて無心で鍵をかける。スマホの充電器はキャリーケースに入れて置いてきてしまった。

残り電池も少ないけど、大丈夫だろう。明日だけだ。なんとかなるはず。

上の学ランを脱いで、布団のすぐそばに畳んで置いておく。

ホテルについてすぐに先生に処置はしてもらっていたが、カッターシャツの左腕あたりには血が滲んでいた。さっきから痛いと思っていたけど、傷が開いたのかもしれない。繁華街で切りつけられた時の傷。

……もう、いいや。我慢できるだろう。

旭の隣の白い布団に入って横になる。旭と向かい合うような体勢になった。

俺はなんだか罪悪感を覚えたので窓側を向いてから、そのまま眠りについた。

　ガサガサと後ろから何か、ものを漁るような音がする。

　徐々に意識が覚醒してきた。まぶたの裏が温かくて明るい。

　朝……朝か。

　ゆっくり目を開けば強烈な日の光に顔をしかめた。刺激が強くて避けようと、窓とは反対方向にごろりと転がる。

　目線の先に現れたのは、真っ白なカッターシャツに黒のプリーツスカート姿の、ロングヘアの少女。

「おはよう」

　その桃色の血色のいい、柔らかそうな唇から紡がれた甘い声が、心地よい。長い睫毛の下のきれいな黒の、宝石みたいな瞳。見つめられていた。

　理解した途端に眠気が一瞬で覚めた。

　旭。旭だった。

　心臓がドクドクと脈を打つ。

「おはよう。ぐっすり眠れましたか」

　なるべく平静を装って話しかける。

「はい、寝不足でした。ごめんなさい」

　旭は申し訳なさそうに頭を少し下げた。たらんと垂れた艶やかな髪。色っぽいな、なんて思った。

「寝不足。なるほど」

「ここまで、運んでくれたんだね。女将さんから、聞いた」

「ああ……うん」

　どういう顔をしたらいいのかわからなかった。恥ずかしいな。……うん、恥ずかしい。

「余計だった？」

「全然、むしろ、感謝してる」

　顔が熱い。ダメだ。何を言われてもうれしくなってしまう。

　旭の顔が見れない。目線をそらして起き上がる。「今何時？」と問いかけて話題をそらしたつもりだった。

「14時くらい」

「え!?」

　思わず声を出して素で驚いた。旭がこちらに見せてくれた腕時計を見てたしかに気づいた。

　寝起きなのに頭が冴えていた。宿主のことを思い出す。

「うわ……昼ご飯……どうしよ」

「あ、昼ご飯ね、２人分くらいすぐに作れます、って言ってた。電話で知らせてくれたら運んでくれるって」

　カーテンも開けてあったし換気もしてあった。部屋の中を流れる空気がきれいで、息をすると気持ちがいい。

　旭の白い布団はきれいに畳まれて、部屋の隅に置いてあった。

　眩しいくらいの日の光が部屋の中に差していた。鮮やかな緑の畳の上、柔らかに微笑む旭。

「でも私だけ早く起きちゃったから、待たせてしまってるんだけど」

　心が溶けていく。

　日だまりみたい。俺、どうか、してるかな。こんなに……幸せ。

「元気になった」

「え？」

　朝起きてそこにいて、ただ笑いかけてくれるだけで満たされるんだよ。

　俺はにやけるのを隠しきれなかった。

「え？　え、どうしたの。どうして笑ってるの」

　旭まで笑っていた。

　俺は旭の目を見た。

「好き」

　まっすぐに見た。

　もうずっと前から言いたくて仕方がなかった。

「俺、旭のこと好きだよ」

　にやけながら旭に伝えた。

　旭は困ったように固まった。

　視線が揺れる。その長い髪の毛が、外から流れ込んできた風に揺られてさらさらと靡いた。

　窓の外には抜けるような青空が広がっていた。

　応えてくれなんて頼んでない。

　別に俺は、俺だけがその気でいても辛くはなかっただろうから。それでも、

「私も好き」

　旭は弾かれるようにそう言った。俺は俺の中の心地よい気持ちが広がっていくのを感じた。

　少し間があった。それから旭は続けた。

「お揃いだね」

　うん、そうだ、こんなにも。

　はにかむ彼女がこんなにも、誰よりも愛おしい。

　部屋にあった固定電話で連絡を入れてお昼ご飯を頼んだ。

　わざわざ料理を作ってもらって部屋まで届けてもらった。

　疲れている2人をいたわってか、メニューは胃に優しいお粥やスープだった。旭も俺もお腹がすいていたから、すぐに食べてしまった。

　旭に充電器を貸してもらってスマホを充電することにした。普段ならスマホをやっている時間だが、何もやることがなかった。

　テレビを見ることにした。平日の昼だから面白い番組は特になかったけど。

「私たち、付き合うの？」

　旭が唐突に俺に尋ねた。

　俺は正直、そうしたいとは思っていた。でも旭はどうなんだろう？　俺のことを好きだと言ってくれた。でも、

「お互いがその気なら」

　そう言うと、旭はどこかホッとしたような表情を浮かべた。

　たぶん、こんな状況だからまだ割りきれないのかも。まあ、どうせ明日で合宿も終わるんだし、別に待てないわけではないし。いいけど。うん。

「誰かと付き合ったことはあるの？」

「いや？」

「そうなんだ」

　旭はずっと真剣な顔をして何かを考えているようだった。

　部屋の座イスに腰かけてテレビを眺めている俺。窓際のイスに座っている旭。謎の距離感。

　さっきから明らかにソワソワしている彼女の様子を、気づかれないようにちらちらと見ていた。が、俺はとうとう笑ってしまった。

「なに隠してるの？　言いたいことあったら言ってよ」

「……うん」

「何？」

「シオンさんとはそういう仲じゃなかったの？」

　どうして花巻のことが気になるのだろう？

「うん、普通に友達。陸上部でよく話す仲だった。2年で陸上やめてからも」

「やめた？」

　旭が言葉を繰り返して初めて、自分が口を滑らせたことに気づいた。うっかりだった。まあ、いいか。

「調子悪くなったからやめた」

「ケガ？」

「そんな感じ」

　俺のミスだから。

　仕方がない。ケガみたいなもの。

「今は大丈夫なの？」

　大丈夫。

　ていうか、もう走らないって決めたし。

　悔しかったけどもういい。俺はここで終わり。高校は陸上できないから。だから大丈夫。安心してよ。

　俺もうこれ以上誰にも迷惑をかけないし。このままじゃ俺自身が辛くなってきてしまうからさ、諦めるんだよ。

「凛上くん……？」

　心配そうな旭の顔。逆光で暗い影になって、その表情はとても不安そうに見えた。

　──そんな顔すんなよ、かわいそうとでも言いたいのか。

　俺は床に置いていた黒のリモコンを手に取ると、テレビを消して立ち上がった。

「名前で呼んでくれたの初めてじゃない？」

　笑いかけて旭のいる窓際に向かう。

　いきなりのことで「え？　そう？」と旭が不安そうな表情を崩した。そのまま俺は畳みかける。

「海、見える？　きれい？」

「うん、見える。きれい」

「見に行く？」

　旭は目を輝かせた。

　俺は旭の座るイスの隣に立っていた。

「え！　行きたい！」

　うれしそうに笑った彼女に俺も自然に笑みがあふれた。

「夜まで時間あるし運動もしないとな。ずっと寝てたし俺ら」

「あはは、そうだよね」

「準備しよっか」

「うん」

　嘘はついていない。

　ただこれ以上旭に心配されたら、余計なことまで喋ってしまいそうで怖かった。

　海にはすぐについた。

　徒歩10分程度。外は風もあったけど今日は比較的暖かい日だと思う。

　布団から出る時にさらっと学ランを羽織った。替えのシャツはキャリーケースの中に置いてきた。不潔だけど、どうしようもない。

　カッターシャツの血の汚れには旭は気づいていない。今日は。今日だけは、何もかも忘れて過ごしたかった。

「すごい」

　隣を歩く旭が堤防（ていぼう）の奥に広がる海を見て、思わずつぶやいた。

　空の青を反射して深い青に染まっていた。澄（す）みきった青に潮風の香り。

　俺たちは誘われるように堤防に近づいていく。だんだん早足になった。

　波が引いたり押し寄せる音が近づいてきた。薄い小麦色の砂浜（すなはま）が見えた。

　アスファルトの上を歩く。

　からっと空気が乾いていた。喉が渇いたかもしれない。海の水1滴残らず飲み干したらどうなるだろう、なんて

考えていた。

堤防を下りて砂浜を踏む。

あのホテルの赤いカーペットより深くまで足が沈む。そのまま体のバランスごと持っていかれそうだった。

旭は俺より前を歩いていた。

さらさらと風に靡く髪の毛。きらきらと太陽の光を反射して揺れる波。

どこを見ても眩しい。宝石があちこちにあるみたい。目に入れるとわくわくした。

俺は、ざくざくと砂を踏み分けて進んでいった。

海はすぐそこにあった。

砂浜にいる人はまばらだった。

いつだったか海に来たことがある。中学1年生の時か。もうずいぶん前のことのように感じる。

仲良くなったクラスのやつに誘われて、海に行って濡れて帰ってきたんだ。夏の日だった。

次の日は風邪を引いた。

砂浜は足が取られるが、走る練習には持ってこいだ。

海が近い学校の運動部は、砂浜を走って練習すると、よく聞く。

『凛上、砂浜ダッシュしよ』

と、自信満々で言ってきたやつにも俺は負けなかった。俺は本当に強かった。最強だった。

もっと、もっと……もっと。

　本当なら今でも、走ってるんだろう。波に向かって走り出しても、おかしくない。

　砂糖の山に匙を刺すような音を立てながら、砂を踏む。

　旭は濡れた砂の手前まで来ると、白いスニーカーを脱いで、靴下も脱ぎ始めた。俺も赤くくすんだ色のスニーカーと、靴下を脱ぐ。

　裸足で濡れた砂の上を歩けば、指と指の間に砂が入る。

　昼の日差しに照らされて生温かくなったそれが、足を溶かすような、それにのまれるような感覚。気持ちがいい。

　でも、なんだか、そんな喜びさえもどうでもよくなる。

　体中を熱い血が這いずり回っている。俺は、たぶんすごく、苦しかったんだと思う。

　寄せてくる波を力強く踏み潰して、引いていく姿が逃げるように思えて腹が立って。

　波打ち際に沿って歩いていけばいくほど、どんどん苦しくなってきた。

「……旭」

　限界だった。

　少し先を歩いていた旭がこちらに振り返ると、俺は絞り出すような声で言った。

「俺、なんか、すごい……辛いわ。しんどい」

　旭は何かを察したのかもしれない。体調が悪いとかそういうのじゃなくて。

　なんだろう。なんなんだろう？

　自分でもよくわからないけど、冷静になれない。

「水で濡れてないところ、上がろうよ。そこで話そう？」

　旭の提案にうなずく。濡れた足に乾いた砂がこびりつく。俺たちは砂浜の上に並んで腰を下ろした。

　旭は俺に尋ねた。

「陸上続けたかったんでしょう」

　どうしてこうも核心をつくのが上手いのか。しかし驚きはしなかった。

　「そうだよ」と、思っていたより早く本音がこぼれた。隠すこともできなかった。いや、旭の前では隠すことなんて無意味な気がしたからか。

　口から思いきり吐き出すみたいに、俺は次の瞬間から、暴走した。

「努力して叶わなくなる夢って何？　頑張りすぎるってどういうこと？」

　少し本音を話しただけなのに、もう止まらない。今まで少しだって自分の本音を真剣に話したことはなかったから、その反動かもしれなかった。

「頑張りすぎ壊れたら自己責任とか、バカみたいなこと、言いやがって。俺の気持ちなんか、なんにも知らないくせに。みんな、みんなバカなことを言うんだよ」

　小麦色の砂の上に爪を立てる。さらさらとした砂は掴み上げても簡単に逃げた。旭は呆れずに、変わらずに俺の隣に座っていてくれた。

「凛上くん、そういうこと、どうして誰にも言わないの？」

　旭がポツリとつぶやいたことが、熱くなった頭に響いて

静かに広がる。熱湯の上に1つ、冷たい水滴が、氷の粒が
落ちたみたいだった。

「陸上やってる人ならみんな、わかってくれるはずだよ。
あなたがどれだけ苦しんでいるかははかれないことだけ
ど。苦しい感覚はわかってくれるよ」

　旭は正しい。

　俺は間違ってる。バカだから。

「はかってほしいんだよ！　もう、なんでもいいからさ、
俺のこと助けてほしい」

　わがままな子どもみたいに大きな声で叫んだ。

　むしゃくしゃして苦しい。頭を抱えて髪をぐしゃぐしゃ
にして、鼻をすする。大きく震える獣みたいな息を吐く。
鼻の奥がツンと痛む。目頭が熱い。

　見られたくない。何も言われたくない。

　かわいそうだと、心配されたくない。

　惨めな気持ちになる。

　俺は、少し前まではかわいそうなんかじゃなかったのに。

　1滴でも、1粒でも足りない。水も氷も効かない。

　頭を冷やすためには段るぐらいの衝撃がいい。

　それこそ暴言だっていい。甘ったれるなとカツを入れて
くれてもいい。ビンタでもいい。

　俺と女じゃ差がつきすぎている。下手に甘くされたら苛
立って手を出してしまうかもしれない。殺してしまいそう。

　旭、相手に。

「ねえ、凛上くんは、走ったらどうなるの？」

「足が動かなくなった。気分も悪くなった」

「いつの話？」

「ホテルにいた夜中の話だよ。旭が1人でゲームで捕まってた時。幻滅した？」

　情緒不安定。ハイになって笑って尋ねる。

　旭はどこまでもまっすぐな目で俺を見て、少しもふざけなかった。

「ううん」

　波の音が遠くで聞こえた。

　旭の声は俺のすぐ前にあった。

「もう一度走る？」

　何を言われるよりも怖かった。衝撃的だった。それまで自分を焦がしそうだった体の熱が、俺から離れていくのを感じた。

「足が動かなくなるなら私が引きずってでも帰るよ。気分悪くなったら休んでいいから」

「……」

「大丈夫。まだ、死なない」

　旭は笑った。優しかった。

　俺は、走れないのは死ぬことだと思っていた。

　死んだら走れなくなるからそれと同じだって。でも、そんなことはなかったんだ。走れなくなって死んだ試しがないから。

　まだ生きているから大丈夫なんて自分勝手な理論を旭は突きつけてきた。けれどもあながち間違いではない。

「いいよ、走ろう」

俺は笑った。

もうどうなってもいい。

ケジメをつけるのは下手くそだし、心に決めたところで
やめられるほど軽い気持ちではない。

俺の足は俺が走るためにあると思っていた。走ることに
すべてを捧げた人間が俺なのだと思っていた。

でも突然それを否定するように体が言うことをきかなく
なった。

この苦しみが紛れるのならそれでいい。俺は今を生きて
いるんだ。

だから、今だけは、幸せになりたい。

旭は俺から離れたところに立っていた。貝殻やガラスの
破片で足を切らないように、靴をはいて走ることに。

波が俺の左側で、寄せては引いていく。

静かな澄んだ空気。潮風の匂い。どこまでも続く青空。

腰を落とすと、両手の３本の指を砂の上に下ろす。柔ら
かい温もりに触れる。前に体重をかける。両手と左足の間
の三角。クラウチングスタート。

約50メートル先。旭が待ってる。

集中して、息を吐いた。

次の瞬間、俺は飛び出すように大きく前へ出て、走り出
した。

足を取られながらも、空気を切るように夢中で腕を振る。
足の裏でしっかり地面を踏みしめる。バネに変える。

　柔らかい砂が俺の力を吸収できないくらい、強く地面を蹴る。

　何も考えられない。

　無理。ていうか、最高。気持ちいい。

　このままどこまでもいける気がした。あっという間に旭の姿が、数メートル先に現れた。海の風を噛む。飛ぶように駆ける。

　だけど、突然、視界から彼女の姿が消えて。

　体が前のめりに倒れる。地面の砂が、俺を受け止めようと近づいてくる。砂に引っついて固まって動かない俺の足。

　目に入るものすべてに恐怖と、悲しみを覚えた。

　俺はとうとう倒れた。

　バカみたいに息が苦しかった。

　足がズキズキと痛んで、それから感覚が遠のいていく。

　ホテルの時を思い出して、震える。

　血の気が引く。頭が真っ白だった。

　抱きしめられた体が温かった。

　怖い。でも、楽しい。うれしいな、って思った。

　自分を抱きしめてくれた旭はそのまま倒れて下敷きになった。すぐに抜け出して隣で俺の顔を覗き込んで。

「大丈夫？」

　って、俺に笑いかけるんだ。

　俺はもう、悲しいのか怖いのか、うれしいのかわからなかったけど、気持ちがいっぱいいっぱいになって、泣いた。

　涙があふれて止まらなかった。

　青空が眩しい。横になったまま腕で目元を隠す。真っ暗になった視界にこびりついて離れない光景。

　きっと一生忘れない。

　旭の笑顔は痛いくらいに優しかった。

9.傍観者たち

　砂を被った制服を払って、凛上がようやく起き上がることができるまで、少し時間がかかった。

　好きな人の涙ほど、胸を締めつけるものはないと思う。

　驚いたけど、同情した。凛上は本当に、こんなにも走るのが好きなのに、走れないなんて。

　凛上は、照れくさそうに笑って、「ホントごめんね、こんなんなっちゃって」と目元をぬぐった。

　私の隣に立てばその身長差にいつも、ドキッとする。いつもいつも、凛上には余裕があるようだった。

　ただ話したくないことはさらっと上手く流そうとする。感情的になることも避けていたよう。

　蓋をして閉じ込めていたものが爆発したみたいだった。凛上が隣で大きな声で叫んだ時、胸がひどく苦しくなった。

　私が見ていたのは上辺だけだったから。

　結局目に見えないものには確信が持てないし、遅れてからようやくそのはっきりとした輪郭に気づけるんだね。

「俺、話聞いてもらえてよかった。旭、愚痴とか嫌いそうだから、あんまり言いたくなかった」

　砂浜から上がった時、目を腫らしている凛上はどこかスッキリしたような顔をしていた。少しでも気晴らしになったら、よかったんだけど。

「愚痴は嫌いだけど、今回のは別」

「ええ？　じゃあ何？」

「弱音？」

　凛上は一瞬私の目を見てから、「恥っず」と苦笑いして

視線をそらした。

　私は余計なことをよく言う。

　愚痴は嫌だと否定したら、凛上を傷つけるかもしれないって思ったけど。これはこれで嫌な思いをさせたかも。
「でも、走るのカッコよかったね。楽しそうだった」
「ん、よかった」

　凛上の表情が少し明るくなった。

　私はうなずいて、前を向いた。

　少し、複雑な気持だった。凛上のことで頭がいっぱいだった。なんて言えばいいんだろう。

　傷つけたくない。泣かないでほしい。笑っていてほしい。探り合いなんて嫌だ。私には関係ないなんて嫌だ。隣にいたい。そばにいたい。支えるなんておこがましいかもしれない。

　それでもこんなに、こんなにも、この人を大切にしたいと思う気持ちがあふれてくる。

　それから旅館につくまで、2人とも何も話さなかった。

　それでも私は幸せだったから。

　旅館に戻ってから、凛上といろいろなことを話した。

　というか凛上が黙っていただけで、ツッコミたいところはたくさんあったのだ。

　学ランの上をずっと着ていたら肩がこるとのことで、脱いだら血まみれの左腕。荷物の都合上廃棄した自身のカバン。そして、どうして私をここまで助けてくれたのかとい

うこと。

　……最後はもしかしたら、凛上が変なこと考えているのかもとか思ってしまったり。

　とりあえず左腕をどうにかしようということで、旅館の従業員に包帯や薬があるかを聞きに行った私。凛上は部屋にいてもらうことに。

「ああ、ありますよ。自宅と旅館の堺《さかい》が曖昧《あいまい》になっているからこういうの、いいかはわからないけど、特別に……」

　わざわざ女将さんが、裏の部屋に行って薬箱を持ってきてくれた。私は感謝の意を述べて部屋に戻ることに。

　せっかくなので途中、旅館を出てすぐのところにあった自販機まで、飲み物を買いに行った。貴重品はだいたいは持ち歩くようにしているため、財布を持ってきていたのだ。凛上の好みがわからず、なんとなくで選んだのだけれど。

　部屋に戻ってすぐ、凛上の姿がないことに気づく。

　靴はあるのだが、リビングにはいない……？　いったいどこへ。

　と、和室―リビング―に通じる扉の前で止まっていたら、突然左側のドアが開いて。驚いてフローリングの床を滑り、リビングの畳に足を踏み入れれば。

　部屋にもともと置いてあった浴衣を着て、髪からぽたぽたと何かを垂らしながら、ドアから出てきた男性。艶のある黒髪から滴り落ちる雫。柔らかそうな薄桃色の唇。墨を落としたみたいな真っ黒の、色っぽい瞳。と、目が合って私は数秒思考が停止する。

　お風呂に入ったんだとはわかったが……しれっと入ったんだな、この人は。

「シャツ汚れてるしちょうどいいかと思って入りました」

「傷は大丈夫？」

「血止まったかも、若干。包帯だけできればいいかな。もらえた？　そういうの」

「うん。ついでに飲み物も買ってきたからどうぞ」

　私はカフェオレとフルーツのジュースを少し近づいて、目の前に差し出す。

　どっちか選んで、とつけ足すと、「風呂上がりなんでカフェオレで。コーヒー牛乳みたいな感じ」とにこにこしながら受け取った。

　顔、赤い。なんか、目もとろんとしていて、かわいい。

「のぼせた。シャワーで」

「え!?」

「若干ね。ずっと頭からお湯被ってたから」

　そんなことがあるのだろうか。

　びっくりしてしまう。

　「髪乾かしてくる」と言って、凛上はまたさっきの左手にあるドアの奥に消えていった。雰囲気、ふわふわしてたし。浴衣の首元から覗くのは、色気を感じさせる鎖骨……。いやいや、何を考えているんだ私は。

　少しの間廊下で立ち尽くして、リビングに入った。

　しばらくして、髪を乾かして出てきた凛上に尋ねた。

「お風呂、私も入ったほうがいい？」

「ん？　いいんじゃない？　なんで」

　キョトンとする凛上。返答に困って身振り手振りして、結果、

「……なんとなく」

　と苦笑した。

「男のあとの風呂、嫌じゃなかったらどうぞ？　俺は別に気にしないし」

「そっか」

　よし、私もお風呂に入ることにしよう。

　シャワーの設定温度がかなり高かった。これが原因でのぼせたのか、と思い温度を下げる。

　お風呂を出たら洗面所で髪を乾かして、リビングに行く。

　時刻は16時すぎ。あっという間に時間がすぎていく。

　凛上は畳の上の、畳んで部屋の隅に置いた布団にもたれて寝ていた。

　よほど疲れたのかもしれない。私も、合宿前日から今日の朝、倒れるまで一睡もしていなかったから……。

　夜ご飯は部屋まで運んでもらえるんだった。でも、私まで寝てしまって２人とも起こしてもらうのは申し訳ないか。旅館のスタッフの人にも迷惑だろうし。私は起きていようかな。

　そう思い、テレビの真横に置いてある自分のスマホに目を向ける。昼前に起きて充電したから電池は大丈夫。

　凛上を起こさないようになるべく音を立てないように静かに立って、スマホを取りに行って、そのまま窓際に向かっ

た。窓を少し開ければ涼しい風が部屋の中に入ってくる。外を見れば、海の向こうの地平線に向けて、青から黄、橙の淡いグラデーションが、空を流れていた。

　10月後半ともなれば日が落ちるのは早い。もう次に目を向けた時には真っ暗かもしれない。私はここで一夜を過ごすのか。こんなに、今は平和なのに。

　ブレザーのような重い服から解放された。優等生の服。私の腕の肌に緩くまとわりつくさらさらとした浴衣の生地を撫でる。軽い。優しい。柔らかい。心地がよい。

　スマホの電源を入れる。

　何件か通知があった。なんだろう、と顔を近づけて画面を見れば、チャットアプリからだった。もしかして、と思いそれを開く。

　もう使う人もいなくなっただろうと思っていた特待生の、グループチャット。

　3人。3人がそこに書き込んでいた。

【まだ生きている人ってどれくらいいますか】

【自分無事です。友達と一緒にいます】

【上のを書き込んだ人と一緒にいます】

　ホテルを出た時、数人いたのは覚えていた。あの時、何人いた？　凛上の友達が1人いたのはわかっている。あと、何人……。

　私はとりあえず、【私も生きています。凛上くんと一緒です】と打ち込んだ。でもなんだか誤解を招きそうで怖くなった。こんな時に男女で旅館でイチャイチャしてるなん

て思われたくない。いや、イチャイチャってほどイチャイチャしてないけれど。

凛上にはあとで……別に安否確認のメッセージを送ってもらうか。

【私も無事です】

それだけ送ってアプリを閉じた。

日が落ちて部屋に吹き込む風が冷たくなったのは間もなくのことだった。窓を閉めて、他にやることがなくなったから。スマホもそこまで電池は減っていないけど、一応充電しておこうかなと思って。

コンセントから伸びたプラグの先につながれていた、凛上のスマホが視界に入って……。

よからぬことだと思いながらも、好奇心に負けてそれを手に取ってしまう。シンプルな黒いケースに入ったスマホ。

電源をつけると、なんとロックがかかっていなかった。簡単に開いてしまい『おいおいおい』と心の声が漏れそうになるのを必死で抑えて、ドキドキしながら指を滑らせる。

指が触れた先はみんなが使っているあの有名なチャットアプリ。……連絡する人、いるかな。他に。女の子とか。彼女さんとか、いるんだろうか。付き合ったことないって言ってはいたけど。

そんなことばかり気になった。

こんな状況でこんなことするのって、私……人としてどうかって思うけど。でも気になっちゃうんだから仕方がないよね。

　そうして最近話した人の欄の中で【しおん】という文字が上から2番目だったことに軽く、衝撃を受けた。メッセージのやり取りは夜中。ゲーム中。通話の記録で終わっていた。電話していたのか。

　ほんの1、2分。

「……」

　私は2人の他のやり取りを見ようとした。そうして開いて過去のものを見てみれば、部活のことばかりだった。たまに友達がやるような普通の会話をしていた。それだけだった。

　『好き』『付き合おう』そんな言葉1つもなかった。『しおん』という名前で呼んですらいなかった。

　心臓がバクバクと鼓動して、私をのみ込んでいく。大丈夫。シオンと凛上はそういう仲じゃない。だって本人も言ってたし。

　でも、でも、シオンがもし凛上のことが好きだったら、私より先にそういうことを伝えていたら、私は今凛上とはただの女友達という関係で。

　……生き残ったなら何してもいいわけじゃない。シオンだって死にたかったわけじゃない。

　なのに両想いになって喜んでいるの？

　生き残ったら付き合って幸せになろうと思っているの？

　……私、自分勝手だ。バカみたい。

　凛上のスマホの電源を切った。充電プラグはつないだままで、バレないように元の位置にそうっと置いておいた。

　画面は真っ暗になった。窓の外と同じ色だった。そこに、不満そうな不細工な自分の顔が映り込んだ。もう見たくなかった。

　ちらりと部屋の隅の布団のほうに目を向ければ、寝息を立てて目を閉じている凛上。罪悪感と羞恥心から、胸が張り裂けそうだった。

　自分が幸せになってもいいのかわからなくなってきた。

　凛上のスマホを勝手に見て、誰か他の女の子に目移りしていないかとか確認して。安心して。こんなずるい女最低じゃない？

　いっそのことバレて『何やってんだよ』って叱ってくれたら、私は楽になれたかもしれない。

　夜ご飯を食べたあと、2人で無言で敷布団を敷いていた。

　その前に少し凛上がスマホをさわっていたのを、私はしっかり見ていた。バレていないだろうか。不安になった。自分がやってしまったことがいかに愚かだったか、痛いほどわかった。

　そうしてそんな私だから、自分で反省するだけでは足りなかったんだと思う。神様もそう思ったんだろう。因果応報。次に凛上がつぶやいた言葉、

「もしかして、俺のスマホ見た？」

　頭が真っ白になった。

　とっさに『違う』と否定することも『そうだよ』と思いきって打ち明けることもできなかった。何も言えなかった。怖かった。

　凛上の目が見られず、布団を持つ手に力がこもる。

　真冬みたいだった。体が冷たくて、吐く息が震えた。

　怒ってるんじゃないか。幻滅されたんじゃないか。不安でいっぱいになった。だから私はバカなんだ。こういうことがあるってリスクも、何もわかっていないまま……。

「旭」

　黙っている自分に、凛上が畳みかける。

　いつもより強い声。怖い。耳が痛い。心臓が早鐘を打つ。私、私はどうしたら助かるんだろう。こんなことなら最初から見なきゃよかった。

　口を開いても言葉が出てこない。『ごめんなさい。見ました』それだけのことも言えない。

　凛上は布団を持っていた手を離した。

　そして痺れを切らしたのか私のほうに近寄ってきて、うつむく私の顔を下から覗き込んだ。

「見たよ」

　目が合うなり私は言い放った。

　もう、限界だった。半分涙目で視界が滲んでいた。凛上の顔はよくわからなかった。怒っているような気もしたし、そうじゃない気もした。

「凛上くん、本当に私のこと好きなのか気になった。私は、好きです、凛上くんのこと……でもそんなこと言ったら私だって信じてもらえないよね？」

　自分の言葉が引き金になって、自分に向かって言っているような気持ちになって、耐えきれずに涙が流れた。金切

り声で言った私に、凛上が話しかけてきた。

「花巻との連絡の画面、閉じてなくて履歴にあったから。やっぱり花巻とのつながりが気になったってこと？　俺、言ったじゃん。花巻とはそういうのじゃないって。付き合ったこともないって」

　丁寧に説明してくれている凛上に、私はとどめを刺すようなことを言った。

「……信じてなかったから」

「そんなに信用ないのか、俺」

　凛上は苦笑した。

　自分自身に幻滅して、ショックを受けていた。そういうことが言いたいんじゃない。私が悪かったんだって。私が勝手に変な妄想をして、地雷を踏むようなことをして。それが凛上にも被害を及ぼすことになった、って。

　でも凛上は、そんなこと言っても私のことをかばってくれるから。私は悪くないって言ってくれそうだから。……ああ、もう、わかんない。

「どうしたら信用してもらえるんだろ」

「信用は時間をかけて築くものでしょう？」

「うん」

　2人で悩んだ末に、凛上が結論を出した。

「合宿終わったら俺に告白してよ」

　凛上の目はいつになく真剣だった。

「絶対断らないから。それで付き合おう？　そっからでいいよ。信じてもらえるように頑張るからさ、俺」

　待っててくれるというのか。凛上、私のことを考えてくれているんだ。

　説得しようとするようなはっきりとした口調。でも、私はやはり彼のことを傷つけてしまったのだと思う。

「今すぐ信じてなんて無理だろう？　それに俺も……信じてないとか言われると、自分に自信がなくなってくる」

「うん……ごめん」

　今はまだいいんだ。これから先があるから。

　合宿が終われば私たちは付き合うから。今だって好きだよ。好きだけど自信がないだけ。

　凛上なら私のこと置いていかない。私も凛上のこと裏切りたくはない。

　だから、大丈夫だよ、きっと。

　それからはなんだか気まずくて、いつものように話せなかった。少し前までただの友達だった。その時の距離感のままでいたいなんて、難しいことだ。

「俺、バカだよ。成績も、体育だけだからさ、5ついてるの。間違っていたことを言ってたら教えてな？　女心とか、わかんないし」

　寝る前に凛上が言ったことがやけに耳についた。

　成績、そんなによくなかったのか。だからこの合宿に参加したのか、凛上は。でも賢いとかそういうの、どうでもいい気がしてきた。

　私だってわかんないよ、バカだよ。

　男心とかわからない。でもあなたが間違ったことを言っ

ても、私の好きな人はあなただから、好きな人のことは否定したくないと思ってしまう。

スマホのアラームを早朝に設定する。

朝、あのホテルの前に戻らなければいけない。またタクシーに乗っていくことになるだろうけど。ホテルから学校に戻って、最後の課題がある。何も聞かされていない。

もし、人数が絞られるような課題だったらどうしよう。

私か凛上のどちらかが死んでしまったらどうしよう。その時は当たり前だけど、付き合えないんだ。

ああ、でも、死んでしまった人とはもう会えないのかな、本当に。入川くん、シオン、名木田くん。生きていたと思ったら、もうこの世にはいないなんて。

テレビを見ても、私たちの学校のことは何も取り上げられていなかった。繁華街でのテロ、学校、ホテルでの大量虐殺。こんなことが起きているのに国は許せるのか？そんなわけがない。じゃあどういうことなんだろう。

私は夢を見ているんだろうか？　繁華街で足を切った時にはたしかに痛みが走った。こんなにリアルな夢、変だ。

……考えても仕方がないか。

目を閉じると、そのまま眠りに落ちていく。

この時もう少し何か考えていたら、私たちは変わらないでいられたんだよ。

ごめんね、凛上。

いつも辛い思いをするのは、あなたばかりだったよね。

　——学校について案内されたのは体育館だった。

　片手で数えられる生徒数。私、凛上、あと４人。計６人。

　女子は３人、男子も３人。

「ここまで生き残ったことは誇りに思っていいと思います。私も、今こういう形であなたたちと話すことになるとは思いませんでした。また同じような立場に立っていると思うと、とっても怖いけれど」

　その声を私は知っていた。ステージに立った５人の学生の中の１人。この中学校とは違う制服。おそらくそれは"高校生"のもの。

　先輩は……嘘つきですね。

　そうして、すべての種明かしが河井先輩から——私の部活の元先輩から行われた。

　私たちが合宿前に打ったワクチン。すべてはそれが原因だった。

　催眠効果のあるワクチンは、長時間ある"特定の"幻覚を見せる。少し前に現代の技術で、国内でのみ可能になったばかりだ。

　これからの社会に必要な人材、それは国語や数学といった簡単な分野で実力を発揮する——のではなく、それ以上が求められていた。状況適応力や精神力をはかられていたのだ。

「ある時間に決まって鬼の幻覚を見る。痛覚はそのまま。意識は半分ある状態で、自我を保ちながら行動できる。"最後の悪夢"というのは、ワクチンの効能を確かめるための

実験であり、受けた人の人間性も見られる最適のプログラムでした」

　ステージ上に設置された教卓（きょうたく）の前に立ち、マイクに向かって淡々と事実を述べる河井先輩。

　その目はどこか冷たかった。

　6人でステージを見上げて、その話を聞くことしかできない。

　盛大な種明かしではない。内容はたしかに驚くべきことばかりだ。でも、なんだか頭に入ってこない。

　たぶん無意識のうちに混乱していたのだ。

　それから何を言われても、聞き取って頭に残ったのはその断片ばかりで、ほとんどが耳から耳へ抜けていくだけだった。

「何か痛みを感じて死んだと錯覚することで、催眠は解けます。解けるといったん気を失い、次に目を覚ました時には幻覚は見えなくなっています。あなたたちもそのうち催眠が解ければ、もうすでに解けた人に会えますよ。催眠は時間経過でも解けるので」

　私は手を上げた。それを聞いた時ある人の顔が浮かんだ。河井先輩が「どうぞ」と言って私に質問をさせてくれた。

「死んだ人は生きているんですね？　どんな死に方をしても」

　河井先輩は、私の問いかけに答えた。『はい』とは言わなかった。

「自殺は例外です」

「……」

「ただ自殺はさせないように、する前に鬼が殺していますよ。例えば首を吊ったら、気を失ったあとも首が圧迫されているので当然死にます。飛び降りも。幻覚は見ているけど、肉体は現実のものだから、本当に死んでしまう。鬼から受けた外傷は痛みを感じるだけで、肉体へのダメージはありませんから」

　そこでホテルでのことを思い出す。

　トイレで死んでいる人が多かったのは、自殺しようとした人が多かったからなのか。それを阻止しようとした鬼に殺されて死んだんだ。

「では本題に入りますね」

　この合宿では自殺することが一番のタブーだったんだ。

　ああ、よかった。誰も死ななかったんだ……！

　河井先輩は、マイクに手をかけて体を近づけて、私たちを見下ろした。あたりがしん、と静まり返ると、再びその口を開いて。

「最後は、成績オール5をつけるべき人材をこちらで選び、先生方に推薦します。私たちは以前にあなたたちと同じように合宿を受け、最終日まで生き残り推薦された者です」

　そうだったのか。先輩は……先輩も少し前は、私と同じ立場で。

　自分も今、この人たちと同じ道を辿ろうとしているのか。

「推薦された人は合宿が終わったあともOB、先輩としていくつかやるべきことがあります。定員は私たちも含めて

10。そしてこの場にいるのは11人。どういうことかわかり
ますね？」

　1人、推薦されない人がいるということ。

「そして幸いにも、もうすでに除外される人はこちらで決
めることができました」

　そう。

「——」

　この時の衝撃は、まるで頭を殴られたかのようで、立っ
ている地面が崩れ落ちたみたいで。響き渡ったその名前に、
私は一瞬理解が追いつかなかった。

　「では残りの5人はステージのほうへ」そう言われてす
ぐに足が動かなかったのは、私だけではなかったはず。

　選ばれたのは、自分では、なかったけれど。

「質問、いいですか」

　誰もその場から動かないでいたら、先ほど名前を呼ばれ
た人物が、静かに手を上げた。隣を見る。と同時に彼は、
顔面蒼白で蚊の鳴くような声でつぶやいた。

「俺は……なんで、ダメなんですか」

　——凛上。

「あなたたちの繁華街やホテルでの行動は、ある程度把握
しています。と言われれば、心当たりがないわけではない
でしょう？　この6人の中で、唯一あなただけが非行に
走った」

　非行、という言葉に息が止まった。

　喉の奥が詰まったみたいだった。

「あなた、鬼を殺しましたね？」

　圧で潰して制するような目。もう以前の先輩ではない。肩までの長さの髪は背中のあたりまで伸び、軍服のような深い緑の制服に身を包み、鋭い目つきで凛上を睨み、吐き捨てるような口調。別人だった。

　けれど私は知っていたから。

　ホテルでの出来事。ある程度なら私や……シオンのことは知らないのかも。

「違います、それ……階段でコップ投げて落とした時は、私とシオンさ……友達を守るために、殺したんですよ！正当防衛です」

　自分の声が震えているのがわかった。はっきりと喋ったつもりだったけど、思っていたより大きな声は出なかった。言いたいことがはっきりと言えない。言っていることがめちゃくちゃな気がする。

　怖いのか。どうして……こんなところで怯える必要はないだろう？　今一番怖がっているのは凛上だよ。私じゃない。

「その後だよ、みさきちゃん」

　私の思いはこの人にはもう届かないんじゃないか。

　どうせ何も知らないで言い訳をするのなら、もう聞きたくない。そう思っていた。

「個室に入った鬼を段って、湯を張った湯船に鬼をつからせて、ドライヤーを投げ入れて感電死。浴室で殺した。ひどい殺し方をした！」

　それが先輩の言い訳じゃないのだとわかったのは、凛上と目を合わせたからだ。

　私はそんなこと知らない、と凛上のほうを振り向いたら、彼はああとうとうバレてしまったんだとでも言いたげなバツが悪そうな顔をして。

　今まで私は、凛上の取り繕（つくろ）った部分のみ見ていたんだと。

「人を殺すということは、どういう場合でも罪になるの」

　河井先輩の声が刃物みたいに胸を突き刺す。犯罪者、という言葉が脳裏をよぎる。凛上から目をそらした。

「でもあれは人じゃなかった」

　凛上が、情けない声でつぶやいたのを聞いた。わかっているからこそ辛かった。私はこの人を守りたい。大切にしたい。でも先輩は彼のことを罪だと言った。じゃあ私は罪をおかした人をかばうんだろうか。

　少しの間、沈黙があった。ほんの十数秒だった。

　沈黙を破ったのは凛上だった。

「催眠はほとんど解けていますよね。もう合宿はある程度終わったんだから」

「そうですよ。みなさんが見ているものはもう本物の世界です」

「わかった」

　凛上は、私の前を横切ってステージに続く階段を上った。ダン、ダンとスニーカーが木の板を踏む音があたりに響いた。そうして凛上がステージに立ち、河井先輩の目の前に立った、その瞬間。

　音も立てず一瞬のうちに、獲物に食らいつくようにに勢いよく、その首を両手で掴み、その勢いで2人はそのまま地面に倒れた。凛上が先輩の首を絞めている、と理解するまで時間がかかった。そんなのありえない。肝が冷えた。

「お前何してるんだ、離せ!!」

「殺す気か!!　犯罪だぞ!!」

　河井先輩のまわりにいた他の先輩が、2人がかりで凛上を引き離そうとする。それでも凛上は必死だった。私も他の特待生も戸惑い、動けなくなっていた。それぐらい衝撃的で。

「もう人殺しなんだから関係ないだろ」

「わざわざ女に手を出すなんてどんだけ性格悪いんだよ、オイ!!」

　体育館の中に響き渡る怒声。心臓の鼓動が速くなっていく。男同士のケンカは相当迫力があるってわかっていた。でも実際目の前にすると、こんなにも怖い。

「そっちがその気ならこっちだって!!　お前みたいなやつだから推薦をもらえないんだよ、わかるかゴラァ!!」

　どうしようもないと思ったのだろう。とうとう1人の男の先輩が、凛上の体に思いきり蹴りを入れた。さすがに耐えきれなくて手を離した凛上。咳き込みながら先輩見上げ、憎悪を明らかにして睨む、その顔を、見ていて、どんどん、辛くなってくる。まるで何かの劇を見ているみたいだった。

　その迫力に圧倒されていた。でも、

「勉強がすべてじゃないんだよ！」

　その一言で目の前の景色が、がらっと変わったんだ。

　私は凛上が、どうしても悪いことをしているように見えなくて。

　先輩も悪いわけではなくて。誰かを見下すこともわからせようとすることも、何もいい結果は生まないって。

　ただそれだけのことなのに。

「俺だってこんな合宿参加したくなかった。殺したくなんかなかった！　でもそうしなきゃ俺は死んでた！　ここまで来たんだ。もうあとには引けない、理由が、あるんだよ」

「……」

「さっき記憶がどうとか言ってただろ。今、俺が終わったらダメなんだ、どうしても、覚えていなくちゃいけないことがある」

　記憶の話、たぶん私、ちゃんと聞いていなかったけど。

　凛上が覚えていなきゃいけないことは、私とのこと？

　だからここまでしているんだ。成績がすべてじゃない。私だって正直成績なんてどうでもいい。凛上との約束を守りたいよ。

　あなたと過ごした時間は、最後の悪夢の中でも唯一輝いていた。

「本気で言ってるの？」

　引いたような目をして河井先輩がつぶやいた。

「忘れればもう何も思い出さなくて済むんだよ。人を殺したこともね。だからこれはあなたのためだよ？　人を殺したことを後悔しなくていいの。そういう意味でもあなたを

推薦できなかった」

　かわいそう、と言っているようなものだ。慈悲に等しい物言いに、突き落されるような感覚。

　私は、もう、耐えきれなかった。

「俺のためだと思うなら今ここで俺に殺されてください」

　泣かずにいられるわけがなかった。

　私は、ブレザーのポケットに手を入れると、ずっと前から入っていたそれを——彫刻刀を両手で握り、自分の首の前に突きつけた。

「やめてください」

　涙声で叫ぶ。

　一言言ってしまえば、何も怖くなかった。

「それ、下ろしてよ！　みさきちゃん」

「嫌です」

　河井先輩の顔が青ざめていた。それもそうだ。

　幻覚の中でも自殺はタブー。私がここで投げればもう命は返らない。

「みんなおかしい、どうかしちゃったんです。合宿、怖かったです。辛いことばかりだった……！　頭がおかしくなるのもわかります、でも、こういうことはひどいでしょう？みんながみんな他の人の気持ちがわからなくなってるんですよ！」

　嗚咽混じりに言う。

　みんな私のことを見ている。隣に並んでいる同い年の人も、ステージの上に立つ人たちも——凛上も、困ったよう

な悲しそうな顔をして私を見下ろしていた。ステージの上
での劇はおしまいだ。あなた1人に戦わせるもんか。全部
背負わせてたまるか。

「自分もそう思います。あの、いったん落ちつきませんか」

　右側にいた男の子が、不安そうに手を上げた。

「……私も、話し合ったほうがいいかと」

　一番右端の女の子もそう言った。みんなついていけなく
て置いていかれて、なんとかしようと考えていたんだ。私
と同じことを考えていたんだ。

　私が待ち望んだ静寂がすぐそこにあった。

　誰も何も言えなくなったのを見計らい、私はゆっくりと、
自分の意見を述べる。

「凛上くん、先輩……提案があります。私の推薦の枠を彼
に譲りたい」

　彫刻刀を持つ手を下ろす。

　自分を傷つけるつもりはなかったけど、もし冷静になれ
なかったらこれで首を切って死のうと思っていた。

　今日は晴れだった。

　カーテンは開かれていた。窓から差し込んだ日の光が、
私の足元を照らしている。新しく変えたきれいな靴下。繁
華街で切った傷が、もう癒えている。幻覚だったんだ。あ
の時の痛みも恐怖も、作り物。

「先輩たちがどうしても譲りたくない理由はなんですか？」

「彼には与える資格もない」

　河井先輩が言う。先輩のこと、あんなに好きだったのに、

もう好きじゃない。

「不適切とかどうでもいいじゃないですか。定員オーバー
で１人があぶれるだけの話じゃないですか！」

「そんなことないわ」

「そんなことありますよ！　私はここで成績を逃したとこ
ろで痛くも痒くもない。それに……凛上くんがどうしても
忘れたくないのならその意を汲みたい」

「犯罪者のことをかばうの？　おかしいよ」

　河井先輩は眉尻を下げ、引いたように笑った。

　どこまでも私を、異常者を見るような目で見るんだ。

　泣きたくなる。わかってもらえないんだ、なんにも。

　じゃあもう、わからなくていいよ、全部。

「信じられないかもしれないけど私、凛上くんのことこの
合宿の中で好きになってしまいました」

　早口で話して恥ずかしかった。でもそれよりも大切にし
たいことがあったから。

　誰がなんと言おうとこれが最適解だ。私がそう思うから。

　犯罪とか関係ないの。

　別に君が人を殺そうが、私はどうだっていい。

　君がどういう人か私は知ってる。

　ちゃんと知ってるよ？

「思い出なら片方が覚えているだけで十分です」

　凛上は、「そうじゃない」って言った。

　でも私が押し切ったから、仕方がなく推薦の枠は凛上の
元に移動した。凛上は、最初から最後まで納得していなかっ

た。

　でも私は凛上に最後に言ったんだ。

「あなたが私のことを好きなら大丈夫だよ」

　晴れの日だった。抜けるような青空が私を見下ろしていた。

　推薦は取り消し。体育館から1人外に出る。思いきり伸びをして、腕時計を見る。

　時刻は11時前。お腹がすいた。帰ったらご飯を食べよう。

　スリッパをはいて生徒玄関に向かい、スニーカーにはき替えてキャリーケースを回収する。血で汚れていたはずのスニーカーも、今ではすっかりきれいだった。

　とは言っても3年間はき続けていたせいで、土汚れは染みついているけれど。

　私は1つ息をついて、校舎を出る。

　記憶は消えてしまうんだろうか。凛上は、覚えていてくれるかな。

　今は少し怖い。でもきっと、この怖さもいつか、消えてしまうんだろうな。

　ああ、もう……疲れたなあ。

　途中で校舎を振り返ってみれば、まだ体育館の扉は閉められていた。

　それを確認すると私は、何事もなかったかのようにまた歩き始めた。

10. 告白の日

　合宿が終わった次の日は、普通の授業があった。

　その日私は、朝から凛上と廊下で会った。凛上のことは覚えていた。

　なんなら合宿のことも鮮明に覚えていた。

「大丈夫？」

　凛上は私を見つけるなり、こちらに寄ってきて心配してくれた。私はそれがなんの大丈夫かわからなかったけど、「全部覚えてるよ」と笑って言った。そしたら何を思ったのだろう。

　凛上はいきなり私を抱きしめたのだ。感極まって涙することはなかったが、その時間帯は朝登校してきた人も多く、じろじろとまわりの人に見られたりして。「旭さんじゃん」「凛上？　やば」と静かに騒いでいる人。黄色い悲鳴を上げる人もいて、私は思わず凛上のことを突き放してしまった。

「ごめんごめん。じゃあ、またあとで」

　凛上は苦笑して、去っていった。

　恥ずかしいことをするもんだな。でも……覚えていてよかった……！

　朝から幸せな気分だった。

　授業中も、凛上が合宿の中で言っていたことを思い出してにやけていた。

『俺、旭のこと好きだよ』

　旅館で告白された時は、うれしかったなあ。

　海にも行って。思い出ができて本当によかった。私も好

きだと返したら、凛上すごくうれしそうだった。そういえ
ば、約束もしていたっけ。

『合宿終わったら俺に告白してよ』

　あ……。

『絶対断らないから。それで付き合おう？　そっからでい
いよ。信じてもらえるように頑張るからさ、俺』

　私が告白したらいつでも付き合えるのか。……なんて都
合のいい話なんだろう。それに私、凛上のことすごく好き
だし、もうとっくに信じているし。

　あの時は合宿がストレスになっていたから、シオンとの
仲も気になって、凛上のことちゃんと信じられなかったけ
ど。今なら大丈夫。

　あ、そうだ。シオンとまた話せるのか。

　今度会ったら話しかけてみよう。私、仲いい友達はいな
いけれど、凛上も、シオンもいるんだって思うと、なんだ
かうれしいな。

　英語の先生が、ふとこんなことを言った。

「もう私立高校の受験まで2カ月を切っています。気を緩
めていたらダメですよ、やることはちゃんとやらないと」

　……そういえば私たち、受験生だったか。

　その日の夜、凛上から電話がかかってきた。

　まさかの事態に戸惑いながらも電話に出る。

〈もしもし？〉

「もしもし……」

〈はは、電話出てくれるとは思わなかった〉

　明るく笑う彼の声に、心が温かくなる。心臓が溶けているみたい。低い声も話し方も、全部うれしいの。

「何かあったの？」

〈いや、別クラスだから話したいことも話せないから。まあ、正式に付き合ってるわけではないけどさ……電話ぐらいよくない？〉

「凛上くん、照れてるの？」

　いつもより早口な彼にそう尋ねずにはいられなかった。いや、いいんだけどさ、たしかに私も……電話したいとは思っていたけど！

　あからさまに照れられるとこっちまで恥ずかしくなってくるよ。

　「悪い？」と聞き返した彼の声が上ずっていた。私が笑っていたら、凛上がカタコトでつぶやいた。

〈真面目な話なんだけど〉

「え……」

〈告白〉

　ドクン、と心臓が跳ねる。

　たった四文字に顔が熱くなる。まさか今ここでしろと？そんなバカな……！と１人で勝手に妄想してパニックになっていたら。

〈受験終わってからでいい？　あと、旭からしろって言ったけどあれはナシ。……俺からちゃんとさせてください〉

　かしこまった言い方をされて、なんだか困ってしまう。これで自分から告白しなくてよくなったっていうのはわか

るけどさ。その点ではうれしいんだけどさ。

「わかった。うん、いいよ」

　流されてうなずいた。いつかこの時を後悔することになるなんて、想像もしていなかった。

〈旭、あの高校受けるんだろ？　ほら……〉

　凛上が私の志望校の名前を出した。私はそのことを凛上に言った覚えがなくて、

「え。どうして知ってるの？」

〈いや、旅館で進路の話したじゃん？〉

　旅館。……まあ、あの時はバタバタしてたから、忘れても仕方がないか。たぶんそういう話、気づかないうちにしていたんだろうな。

「……うん！　そういえばしてたね」

〈そうそう。で、俺もそこ行こうかなって〉

「え！」

〈内申足りてるし。あとは筆記試験でなんとかすればいいから。今はあんまり成績、よくないけどさ、これからの努力次第でなんとかなる気がする〉

「じゃあ、もしかしたら、一緒の高校に行けるかもしれないってこと？」

〈そう〉

　まさかのうれしい知らせに、舞い上がってしまう。

　高校も一緒だったらさ、きっと楽しいよね。考えたらわくわくする。まあ、片方が落ちたらどうしようもないit　けど。このあたりではそこそこ有名な進学校。エリートっ

て感じがする。

「私が行くからとか、そういう理由？」

〈違うよ、上のレベルの高校に行ってデメリットなんてないだろ。俺も行きたかったけど、成績明らかにダメだったし。今までそういうチャンスもなかったから〉

「なら、いいんだけど」

　そういう判断を間違えたら、私のせいで凛上が傷ついたみたいじゃない？

　いや……大丈夫だ。凛上は、自分のこと成績悪いとかバカだとか言っているけど、そんなことないと思う。ちゃんといろいろなことを考えているから。

　って、私は上からものを言える立場じゃないよね。

〈うん、ありがとう。俺もやるからにはちゃんとやろうって思ってる〉

「頑張ってね」

　〈お互いにね？〉凛上が笑った。そう、お互いにね。

　この時私は、受験が終わる卒業式の少し後まで、凛上の告白を待っていることを約束した。それまでは友達だ。両想いの友達。

　ベッドの上で寝転んで、楽しく話した。その次の日も、だんだん連絡が減っていっても。

　お互いが変わらずに、約束の日まで、そのままでいられると思っていた。

　──３月20日。

　私は彼から連絡を受けて、ある公園で待ち合わせをしていた。

　まだ桜は咲いていなくて、それでも寒い冬は明けて、だんだんと暖かくなってきたある日。

　薄桃色のブラウスに、白のマーメイドスカート。ベージュのニットカーディガン。肩からかけた焦げ茶色の、レザー調のバッグ。黒の艶のあるパンプス。デートにでも行くみたいな格好。

　……でも、そうだよね。

　私は今日彼に告白されることはわかっていたし、それを私が「はい」と答えて彼と付き合うことになるのもわかっていた。全部最初から決まっていた。

　メイクしたけど、おかしくないかな。髪も巻いてみたけど。

　待ち合わせ時間の10分前からベンチに座り、鏡と睨めっこ。

　不安ばかりが募ってくる。まるで嫌われにでも行くみたい。

「あれ、早いな」

　聞き覚えのある声に、反射的に顔を上げる。

　ずっと待っていた。この時を。いつからかずっと、この時を、待って。

「今日は来てくれてありがとう」

「ううん。こちらこそ」

　彼は「早速だけど」と言って、私の隣に座った。

　少し間があった。彼は、私の名前を呼んだ。「旭みさきさん」と丁寧に、私の名前を呼んだ。

「俺と、付き合ってくれますか」

「はい」

　黒色の髪がふわりと揺れる。彼はまた、あの時のように私を抱きしめた。あの時……学校で、ある日突然なぜかわからないまま抱きつかれた時のように。

「絶対大切にする」

　彼の体からはなんともいえないいい匂いがした。落ちつく匂いだった。どこかで嗅いだことのある匂い。その声も見た目も、私は嫌いではなかったから。

　ただ。

「私も、好きだよ、凛上くん」

　私はどうして、この人のことが好きになったんだっけ？

　断ったらいけない気がした。だから断らなかった。

　特別な仲ではなかった。よく電話するくらいの友達。

　いつから好意を持たれていたのか。

　受験の期間に入る前に、特別仲良くしていたわけでもなかった。

　もう前のことだから忘れたけど、いつからか連絡先を手に入れて、喋るようになって。何がきっかけだったかももう忘れた。

　チャットの履歴を見返してみれば、初対面で連絡先を交換したとはいえないくらい仲良く話していた。特定の人と仲良くしない私にできた、不思議な男友達だった。

　そうだ。卒業式の日にもう１人、私に告白してくれた人がいた。

　入川くん。彼も連絡先が登録してあった。

　前に一度告白してくれたけど、返事ができなくてそのまま自然消滅しかけていた。

　でも、もう１回ちゃんと告白したいと言ってくれて。

　卒業式の日、告白を受けたんだ。でも私は凛上との約束があったから、断らなければいけなかった。

　凛上と付き合うことは決まっていた。

　でも私は、本当は、できるなら彼の告白を断りたかった。
「今日は連れていきたいところがあるんだよ。付き合ってね」
「うん……」

　私たちは"特別仲良くしたわけでもないのに"、付き合う関係になったから。

　運命のような結ばれ方。いや、運命よりもしつこくて、気味の悪い縁のような。何かにずっと囚われているような。とにかく私は、凛上と付き合うことはわかっていても、心から喜んでいるわけではなかったのである。

　受験が終わるまでの時期が終わるのはすぐだった。合否も出て２人とも同じ高校に受かったとわかった時は、なんだか複雑な気持ちになった。

　嫌いじゃないよ。容姿も整っていて。

　でも、もう少し、待ってほしかったかもしれない。

　私、凛上のこと前まで、何か特別な存在のように感じて

いたけれど、今はそうでもないんだ。どうしてだろう？

　凛上が連れていきたいと言ったのは、隣の市のある有名な繁華街だった。

　人で賑わっていたのは休日だからだろう。電車を使ったら案外早くついた。行ったことがない場所で楽しみだと私が言ったら、凛上は笑った。

「もうすぐお昼だから、早めに昼食でも取る？」

「うん！」

　どことなく昔の匂いを感じる瓦屋根の建物が並ぶ。季節はまだ早いのにどこからともなく風鈴の音が聞こえてくる。カラフルな風車がある店先でくるくると回っていた。

　射的の音も聞こえてくる。賑やかな場所。現実の世界とはまた違う場所に来ているみたいだ。雨の日じゃなくてよかったと心から思った。素敵な場所だ。

「きれいだね」

「うん。あとでゆっくり回ろう」

　近くのレストランで食事を取る。私はオムライスで凛上はカレーだった。店内は洋楽が流れ、おしゃれな雑貨がたくさん置いてあった。素敵な場所で、雰囲気もとても好みだった。

　凛上はスマホを少し見てから閉じた。最近の人はよくスマホばかりさわっているけど、凛上はそんなことはなくて。私より先に食べ終わると、何が面白いのかこちらばかり見ていた。

　恥ずかしいから見ないでと言うと、「はいはい」と凛上

はうなずく。あ、また笑った。この人はよく笑う人だなあ。

　帰り際、財布を出そうとカバンをガサガサと漁っていた。そして取り出した、と同時に私の手がお冷のガラスコップに触れて。

　こけてそのままテーブルから落ちたそれは、床の上で砕けて、耳に障る大げさな音を立てるから。

　──ガッシャーン！

　自分も驚いたし、まわりの人の視線まで集めて、ひ、と顔が熱くなった。レストランのスタッフさんがこちらに寄ってきて、大丈夫ですかと声をかけてくれた。凛上の前で初の失態である。

　弁償しますと言ったけれど、スタッフさんは「弁償などは本当、お気になさらないでください」と笑ったから。凛上も大丈夫だと言ってくれた。私は不安になりながらも、その後会計を済ませて凛上とレストランを出た。

　ガラスが割れる音。まだ、心臓がドキドキしている。

　家でもあまり食器を割ることがないから。それにガラスのコップを割るなんて、何か不吉な予感がする。別に、それでケガをしたわけでもないからよかったんだけど……。

　ざわつかせる嫌な音。こんなに私、ガラスが割れる音、嫌いだったっけ。

「旭？」

「……ごめん、大丈夫。さっきのことにびっくりして」

　繁華街は人で賑わっていた。私たちはレストランの裏の小さな路地にいた。

　そこから大きな通りを見ていた。その中で、なぜか一際目を引く黒いフードの男の人が1人いた。

　その人がこちらを見つけたような、目が合ったような気がした。その瞬間、背筋に冷たいものが走った。怖くなって反射的に、凛上の背中に隠れて身を縮める。

「どうかした？」

「黒……黒い服……」

　震えながらつぶやく。

「なんで、黒い服？」

　凛上がそう言って、私は凛上を見た。不安そうな凛上の顔が目に映る。そして振り返る……不審者でも見たかのような自分の反応。たしかにおかしい。

　あれ、なんで、私、こんなに怯えているんだろう？　黒い服の人なんてよく見れば、たくさんいるのに。

　通りの方を見れば、もうその人物はいなくなっていた。

　私はホッと胸を撫でおろす。

　凛上が、そんな変な私に優しく言った。

「大丈夫じゃなかったら言ってな？　ここ……うん、そうだよな。思い出すよな。もうここは出ようか」

　何か深く考えているような彼に、疑問をいだく。

「思い出す？　何を？」

「旭が嫌なことだよ」

　……？

　私は何もわからなかった。そんな自分のトラウマのあるような場所にこの人は私を連れてきたのか、と思った。凛

上、何をしようとしているんだろう。嫌な予感がして仕方がない。気分が、悪いよ。

「もう少し遠出しよう」

　私はもう帰りたくなっていた。それなのに凛上はそんなことを言った。

　私は告白を受け入れてしまったから、断れない。私、本当にこの人と付き合ってよかったんだろうか。何も知らないまま、ただただ『断っちゃいけない』って想いに突き動かされて。

　足を進めるたび、不安がどんどん募っていく。

　次の場所に向かうため、繁華街に行くために降りた駅に再び戻ることになった。

　でも駅についた時、このままではダメだと思ったから。

「凛上くん、私……合わないかも」

「どういうこと？」

　切符を買いに行こうとした彼を引き留めた。

　流れを断ち切りたかった。自分のことだから、話さないとわかってもらえないんだし。

「告白、してくれて、うれしかったよ。でも私、凛上くんのことよく知らないし、調子も合わない気がしてきた。居心地が悪いのかも……ごめん、こういうことを今さら言うのもどうかって話なんだけど」

　しどろもどろになりながらも言う。

　凛上は、少し戸惑っているみたいだった。

　「いや、こっちこそ。ごめん」と言って頭をかくと、ジー

ンズの後ろのポケットから取り出した黒の財布を、再びしまって。2人の間に妙な空気が流れた。電車が通過します、というアナウンスが改札の奥から聞こえてきた。

こういう空気……嫌なんだよね、何を言っていいか、わからなくなる。

でも、こうなるならいっそ、聞きたいことは全部聞いてしまえばいいんじゃないだろうか。

「変なこと聞いていい？」

「うん」

こうやって2人でいるうちに流れていく時間が、無駄なように感じてしまうの。

別にずっと友達でよかったんじゃないかって、思ってしまうの。

「私たち、どうやって出会ったんだっけ？」

でも私だけなんだよね？

今日一緒にいてわかった。凛上は私よりずっと楽しそうで、私のこと本当に好きでいてくれてる。

私だけ取り残されたように感じていた。私は、彼女としてふさわしくないって思ってた。私のあなたへの想いが足りないってわかってた。

電車が後方をすぎ去る。空気を切り裂くような轟（とどろき）が、私たちを包み込む。世界が歪む。視界が壊れる。目頭が熱い。すべてから自分を切り離すように両手で顔を覆い、つぶやく。

「どうして私、凛上くんのこと好きなんだっけ」

　少し前まで大切なものがあったんだ。それはもう今は手元にないんだろう。

　それからだんだん私は変になっていった。

　私ね、どこで置いてきぼりにされたんだろう、って、ずっと考えていたよ。

　連絡を取っていた時から違和感はあった。電話をしていて過去の話をした時、話がよくかみ合わなかった。だいたいは私に“その記憶がない”ことが原因だった。

　それでも凛上は、『やっぱり俺の勘違いかも』『この話はまた今度にしよっか』と、上手に受け流すんだ。私が不安にならないように、私を守るみたいに。思えばよく笑っていたのも、私を傷つけないためだった気がする。

　でもそれが増えてくると、私か凛上のどちらかが間違っているような気がしてきた。

　凛上は私の知らないことばかり知っていた。そしてそれは、秋の日のことばかりだった。

　探るように凛上に尋ねた。どれも鮮明な記憶のようで、詳しいことまで話してくれた。

　学校でよく話した。無理してばかりだったと凛上は私のことを心配した。部活をやめたことを打ち明けてくれた。私たちは一緒に旅行もしていた。どこに行ったのかは言ってくれなかったけど。

　全部知らなかった。私は別の世界にでも行っていたのかもしれない。長い夢でも見ていたのかもしれない。不安だった。でもそんなこと言えなかった。

　私たちはいつからか両想いの関係だった。

　凛上が『告白は受験のあとにしよう』と言った時、たしかに何か嫌な予感がしていた。あの時言いたかったことがあったはずだ。

　でも今はもうわからない。

　どんどん距離が縮まっていって、反比例して私の気持ちは薄れていくんだ。

　自分が本当に凛上のことが好きなのかわからなくなっていく。でも告白は断れない。

　約束したんだ。私たちは付き合うって。

「無理に付き合わせたんだ。そこまで辛いなら、いいんだ。俺が告白したからって、絶対に付き合わないといけないわけでもない」

　凛上は「少し待ってて」と言って切符を買いに行った。

　私はなんだか、スッキリしなかった。歯車がかみ合っていないみたい。何かが、違う。帰ってきた凛上に、切符を手渡される。こんなはずじゃなかったよ。

「今日旭の不安がさ、なくなったらいいなって思ってた。でも告白するタイミングも……やっぱり、俺じゃダメだったんだよな」

　凛上は情けないといった風に苦笑いした。

　寂しそうな顔。見ていて胸が苦しくなる。不安だったこと、わかっていたのか。ちゃんとじゃなくても、私のことはよく気にかけてくれたのに。

　そして凛上の、自分自身を痛めつけるような最後の言葉。

　それは何を意味をしているのだろう？

「ごめんな。別れよう？　今日はもう帰ろう」

　私はどうすることが正解なのかわからないまま、うなずいてしまった。

　帰りの電車の中はすいていたから、お喋りをしてもまわりの人の迷惑にはならなさそうだった。

　私はなんとなく腑に落ちなくて、凛上に聞いた。

「思い出を、作ったんだよね、秋ぐらいに。詳しく教えてほしい」

「3日、4日の話だよ。それにあんまりいい話じゃない。旭が嫌いそうな怖い話」

「……不安、消えるかもしれないじゃん。もしかしたら」

「いいの？」

「いいよ」

　ガタンガタンと、一定の間隔で鳴る音とともに体が揺られる。

　2人の間は行きの電車の時よりも少し開いていた。揺られて体が触れてドキドキすることももうない。そんなときめきもきっと、異性だからってだけの話だけれど。

　それから凛上は、4日間にも及んだある合宿の話をしてくれた。

　ある程度の人数が集まって、頭を使ったり体を動かしたりするゲームをさせられるという謎のカリキュラム。体育が苦手な人が多かったためそのようなプログラムが組まれたんだとか。

　そして１日目から私と凛上は出会い、少しずつ仲良くなっていったと。

　だが問題は、その合宿がデスゲームのようだったということ。

　こればかりは本当かはわからないが、鬼に殺されてたくさんの生徒が死んだんだとか。内容は鬼ごっこだけではなく、負けたらひどい罰を受けるゲームまで。さまざまだったと。

　本当に現実に起こったようだった。聞いているだけでも怖かったけど、凛上が話すことに興味がわいた私は、こんなことを尋ねた。

「凛上くん、生き残ったの？」

「うん。なんとか。それで覚えているんだ、その合宿のこと」

「じゃあ私は……死んだから覚えていないんだ」

「いや、旭は生きてたよ」

　え？

「どういうこと？」

「説明が難しいんだよ。……んーと。覚えていられる人って数が限られていてさ、最初は俺はその定員には入れなかったんだ」

　どうしてかは聞けなかった。たまたまあぶれたのが凛上だったのかもしれない、と思った。

「でも旭が自分の枠を譲ってくれた。『あなたが私のことを好きなら大丈夫だよ』って。まあ実際、そんなことなかったけど。今こうやって苦戦してるし」

　私は、そんなことを言ったんだ。

「……無責任なことを言ったよね」

「そんなことない。だって逆だったらさ、俺のこと説得しようと必死だったってことだろ？　そんなの辛くない？」

「ブーメランじゃん。今こうなって辛いんでしょう、凛上くん」

　私は凛上が言っていることがそのまま、凛上自身を傷つけているように感じていた。だからもうこれ以上話さなくていいよと、遠回しにそう言ったつもりだった。

「まさか」

　でも凛上は、私が思っていたよりずっと優しかったから。

「旭が辛いよりずっとマシだよ」

　きっと私のことをこんなに大切にしてくれる人なんて、もうこれから先、出会えないんだろう。心が温かくなる。向かいの窓の奥に見える景色が流れていく。当たり前だけど行きに見た景色と同じだった。

　踏切(ふみきり)の上を通って少しあとだった。

「3日目は、自由時間だったんだ」

　電車が線路の途中で止まった。

　間もなく、車内に小さな声でアナウンスが流れた。

《運転間隔の調整のため、一時停車致します》

　田んぼと山と青空だけが映る向かいの窓。

　私は、なんとなく、この電車を降りたあとには彼とのつながりが消えそうな気がしていた。だからつなぎとめるようなことを言おうとした。

「これからも友達でいてほしいの」

　凛上が嫌だったらそれでいい。だって実質、凛上の片思いじゃないか。

　そんなの申し訳ない。でも私は、本当に友達でいたかった。こんな素敵な人が友達だったらきっと幸せだろう。いつだったか、暗い場所で彼と話したことがあった。肩車して入れてくれたのは、学校の屋根裏部屋。その時も同じようなことを考えたんだ。

「うん、いいよ」

　凛上は静かにゆっくりと目を伏せて、瞬きをしてみせた。そして、

「友達になったら何したいの？」

　撫でるような優しい声で、尋ねてきた。

　私はうれしくなって、はにかむ。

「お泊まりしたいかも」

「ええ？　お泊まりは、ハードル高いでしょ。あと危ない」

「でもしたい」

「俺はホテルより旅館がいい」

「あ、それ！　私も思った」

　偶然にも思い描いていた風景と重なった。

　凛上が、思い出に還るように、夢でも思い描くようにつぶやいた。

「窓を開けると風が気持ちいいんだ。外を見たら浜が見えてさ、そこの景色がすごくきれいなんだ」

「うん」

「料理もおいしかった。女将さんもすごく優しかった」

　水彩の絵の具で描かれたみたいな柔らかくて、鮮やかな色の景色が、私の頭に浮かんできた。私たちは2人で旅館にいて、笑いながらお互いの顔を見つめているんだ。

　そんな景色を想像していたら、胸の奥でパチパチと火花のようなものが散るんだ。温かい光は私を閉じ込めた檻を少しずつ溶かしていく。優しい思い出の火花。

「幸せだったな」

　凛上は本当に幸せそうに微笑んだ。

　あの時の私も幸せだったと思う。こんな人に愛されて幸せだった。

　ああ……なんでだろう？　目の奥が熱い。

「3日目はさ、2人でお泊まりしたんだ」

『海、見える？　きれい？』

『うん、見える。きれい』

『見に行く？』

『え！　行きたい！』

　いつの間にか不安が消えていた。

　ああ私、この人だから訳もなく好きになったんだなって思った。

　空が青かったんだ。

　今日みたいな日だった。風鈴の音が、どこからともなく聞こえてくる。

　それだけじゃない。薄暗い学校を走った。

　赤いカーペット。大きなシャンデリアがあった気がする。波の音もしていた。

『頼まれたからにはさ、そばに置いとけるように努力するよ』

　頼んだね。

　私を1人ぼっちにしないでって。

　わがままだったね。

『足が動くなら、担いで走るかも』

　もういいよ。走らないでいいよ。

　私のために無理しないで。

『いや、捜すでしょ、普通は』

　こんな私でも捜してくれるんだね。

　私が君のほうを見ていなくても。

　そうだ。そうだった。

『俺、旭のこと好きだよ』

　血の匂いのまとわりつくあの日々をこんなにも愛して守ってくれた。

「なあ……」

　"最後の悪夢"という名にも等しい。私が今まで見てきた中で最初で最後の、一番ひどい悪夢だった。

　こんなものに囚われて、私がいつまでも思い出さなかったらどうするつもりだったんだろう。

「海の見える旅館とか、いいよなあ」

　凛上がぼんやりとつぶやく。

　ぽろぽろと目から涙があふれてきた。

　海が見える場所。あの日倒れた私を運んで、一緒にいて
くれた。

　私たち、あの時は好き同士だったね。たしかに気持ちが
お揃いだったね。

　大好きだよ、幸せだよ、思い出したよ。言いたいことが
涙に溶けて流れていく。嗚咽を殺して涙をぬぐっていたら、
「こっち向いて」

　凛上が私の肩に手をかけて、自分のほうに優しく引き寄
せた。

　触れて火照る体。私は涙をのみ込みながら、ぐしゃぐしゃ
の顔をして凛上を見上げた。
「もう不安じゃないよ」
「うん」
「辛くないから」
「うん」

　凛上が私の言葉に1つ1つ、丁寧に優しく相槌を打って
くれるから、そのせいでまた気持ちが大きく揺さぶられる。
「よくやった」
「犬じゃないんだから」

　私の頭に乗せてわしゃわしゃと撫でる、大きな手も。
「ごめん、こんなに忘れてしまうものだなんて思わなくて」
「いいよ。そういうもんだよ」

　いつまでも泣いていてはいけない。子ども扱いされたら
困る。

わかっていても凛上が触れていてくれるだけでうれしくて、安心してしまって。私は凛上に手放されることも、彼を手放すこともももうできないだろう。

この人は私が思っているより策士だ。きっと最後に連れていきたい場所も、あの海の見える場所だったんだろう。私にすべてを思い出させるためのデートだったんだ。

そして結局、彼の望むとおりの結果になるのだから仕方がない。

「凛上くんのこと信じてる」

「ん？」

私は凛上から離れると、涙をもう一度しっかりとぬぐってちゃんと姿勢を正して、彼を真っ直ぐ見つめた。

後ろの窓から差す日の光が、私たちを優しく照らして見守っている。

電車が再び動き出す。

足元から伝わる振動と同じように、心臓の鼓動がゆっくりと加速していく。怖いよ。勇気がいるから。でもずっとずっと言いたかったね。この時を待っていたね。

「あのね……」

『合宿終わったら俺に告白してよ。絶対断らないから』

本当だね？　絶対だね。断ったら許さないんだから。

私のこともう好きじゃないって言ったって、諦めてあげない。

声が喉につっかえて、上手く出ない。1つ息をついて、落ちついてから、はっきりと言ってみせた。

「私と、付き合ってください」

　震える声で告白して、今、自分の瞳に映るその輝かしい笑顔に確信する。

　たとえ何も言わなくても、わかる答えがそこにあって。

　ああ、あなたが断る未来なんて最初から想像もできないことだったんだ、と。

fin.

あとがき

こんにちは。棚谷 あか乃と申します。

このたびは『悪夢の鬼ごっこ〜4日間、鬼に殺されなければ勝ち〜』を手に取っていただき、ありがとうございます。

さて、ブラックレーベルでの書籍化が二度目となりました。

懐かしい！ 戻ってきた！という感覚です。

私自身の話になりますが、この作品を書いていたのはちょうど受験期でした。

勉強ばかりで辛い中でも、なんとか時間を作って小説を書くことが、楽しみの1つでした。

作品の中での、勉強が何よりも大事だ、という旭の考えの変化。

そして、

「勉強がすべてじゃないんだよ」

という凛上のセリフは、どんなシチュエーションであれ、きちんと書きたかったものでした。

読者様の中には、勉強を頑張っている学生さんもいらっしゃるかと思います。

頑張っている人はとっても素敵だ、と思います。

それでもどうか、ご無理はなさらずに。

　努力した分報われるように人生はできている、とある友達が言ってくれました。

　それを聞いたときはまだ信じられなかったけれど、今に至るまでにそれを証明するような幸せな出来事が、たくさんありました。

　高校の時の友達とずっと仲良しでいられたこと。

　大学に入って、大好きな、素敵な友達ができたこと。

　アルバイト先で頼もしい先輩に出会えたこと。

　おいしいものをいっぱい食べられたこと。

　いろいろな場所に出かけて、いろいろな景色を見られたこと。

　小説を書くことを楽しんで続けられたこと。

　他にもここには書ききれないくらいあって。

　こうやってあなたにお会いできたことも、その１つだと思っています。

　最後になりますが、ここまで読んでいただき本当にありがとうございました。

　あなたの幸せを、心から祈っています。

　　　　　　　　　　2022年２月25日　棚谷 あか乃

作・棚谷 あか乃（たなや あかの）

三重県在住。血液型はB型で、杏仁豆腐が大好物。『爆発まで残り5分となりました』にて、書籍化デビュー。現在は、ケータイ小説サイト「野いちご」にて執筆活動中。

絵・黎（くろい）

愛知県出身。2月24日生まれ。『キミが死ぬまで、あと5日』、『洗脳学級』（ともに、西羽咲花月／スターツ出版）の装画のほか、ソーシャルゲーム『ウチの姫さまがいちばんカワイイ』（サイバーエージェント）などで活躍。好きなものは、煎餅と漬物とほうじ茶。

♥

棚谷 あか乃先生への
ファンレターのあて先

〒104-0031
東京都中央区京橋1-3-1
八重洲口大栄ビル7F

スターツ出版（株）書籍編集部 気付
棚谷 あか乃先生

この物語はフィクションです。
実在の人物、団体等とは一切関係がありません。

悪夢の鬼ごっこ
～4日間、鬼に殺されなければ勝ち～

2022年2月25日　初版第1刷発行

著　者　棚谷 あか乃
　　　　©Akano Tanaya 2022

発 行 人　菊地修一

デザイン　カバー　Scotch Design
　　　　　フォーマット　黒門ビリー＆フラミンゴスタジオ

Ｄ Ｔ Ｐ　朝日メディアインターナショナル株式会社

編　集　長井泉　酒井久美子

発 行 所　スターツ出版株式会社
　　　　　〒104-0031 東京都中央区京橋1-3-1　八重洲口大栄ビル7F
　　　　　出版マーケティンググループ　TEL03-6202-0386
　　　　　（ご注文等に関するお問い合わせ）
　　　　　https://starts-pub.jp/

印 刷 所　共同印刷株式会社
Printed in Japan

乱丁・落丁などの不良品はお取替えいたします。上記出版マーケティンググループまで
お問い合わせください。
本書を無断で複写することは、著作権法により禁じられています。
定価はカバーに記載されています。

ISBN 978-4-8137-1224-4　C0193

毎月 25 日はケータイ小説文庫の日♥

最初から最後まで予想のつかない展開にドキドキ！
学園ホラー小説、好評発売中！

大ヒット「イジメ返し」シリーズ

『新装版　イジメ返し〜復讐の連鎖・はじまり〜』 なぁな・著

女子高に通う楓子は些細なことが原因で、クラスの派手なグループからひどいイジメを受けている。暴力と精神的な苦しみにより、絶望的な気持ちで毎日を送る楓子。ある日、小学校の同級生・カンナが転校してきて"イジメ返し"を提案する。楓子は彼女と一緒に復讐を始めるが…？　新装版限定の番外編つき。
ISBN978-4-8137-0536-9
定価：649 円（本体 590 円＋税 10％）
ブラックレーベル

『イジメ返し　恐怖の復讐劇』 なぁな・著

正義感の強い優亜は、イジメられていた子を助けたことがきっかけでイジメの標的になってしまう。優亜への仕打ちはどんどんひどくなるけれど、担任は見て見ぬフリ。親友も、優亜をかばったせいで不登校になってしまう。孤立し絶望した優亜は、隣のクラスのカンナに「イジメ返し」を提案され…？
ISBN978-4-8137-0373-0
定価：649 円（本体 590 円＋税 10％）
ブラックレーベル

『イジメ返し　最後の復讐』 なぁな・著

イジメられっ子たちのもとに現れ、"イジメ返し"という復讐を提案してきた謎の美少女・カンナ。そんな彼女が最後に狙うのは、過去に自分をイジメ、母親を死に追いやった宿敵・美波。簡単にスキを見せない美波の前に、一生分の恨みを込めたカンナの復讐がはじまる！　2 人の対決の行方は…!?
ISBN978-4-8137-0747-9
定価：649 円（本体 590 円＋税 10％）
ブラックレーベル

一気読み！やみつきホラー小説

『屍病』ウェルザード・著

いじめに苦しむ中2の愛莉は、唯一の親友・真倫にお祭りに誘われ、自殺を踏みとどまった。そんなお祭りの日、大きな地震が町を襲う。地震の後に愛莉の前に現れたのは、その鋭い牙で人をむさぼり食う灰色の化け物"イーター"。しかもイーターの正体は、町の大人たちだとわかり…。

ISBN978-4-8137-1022-6
定価：649円（本体590円＋税10%）

ブラックレーベル

『ある日、学校に監禁されました。』西羽咲花月・著

千穂が通う学校で、風に当たると皮膚が切り裂かれたり、首や胴体が切断されたりする不思議な現象が起こる。風を引き起こす原因に自分がハマっているアプリが関係していると知った千穂は、絶望する。さらに、血まみれの学校に閉じ込められた生徒たちは、暑さや飢えで徐々に狂いはじめ…。

ISBN978-4-8137-0942-8
定価：660円（本体600円＋税10%）

野いちご文庫ホラー

『トモダチ地獄』なぁな・著

高2の梨沙は、同じクラスで親友のエレナと彩乃と楽しい毎日を送っていた。ところが、梨沙が調理実習のグループに美少女・薫子を誘ったことから、薫子は梨沙に異様に執着してつきまとうようになり、3人の関係にヒビが入りはじめる。嫉妬、裏切り、イジメ…女の世界に潜むドロドロの結末は!?

ISBN978-4-8137-0908-4
定価：660円（本体600円＋税10%）

野いちご文庫ホラー

『見てはいけない』ウェルザード・著

親友が遺したノートを読んだ若葉たちは、奇妙な夢を見るようになった。見覚えのない廃校舎で不気味な"白い物"に襲われ、捕まると身体を引きちぎられ、死の苦痛を味わう。これは夢か、それとも現実なのか？大ヒット作『カラダ探し』の作者による、神経ギリギリに訴えるノンストップホラー。

ISBN978-4-8137-0873-5
定価：704円（本体640円＋税10%）

野いちご文庫ホラー

一気読み！やみつきホラー小説

『復讐メッセージを送信しました。』北沢・著

高1の奈々子は、ひとりぼっちの暗い学校生活を送っていた。あることから美少女のマリと友達になったけれど、仲たがいしたマリをいじめるグループの仲間になってしまう。マリに対して重罪を犯した奈々子たちのもとへ、七つの大罪にまつわるノロイのメッセージが届き…。次に狙われるのは誰？

ISBN978-4-8137-0840-7
定価：660円（本体600円＋税10%）

野いちご文庫ホラー

『幽霊高校生のまつりちゃん』永良サチ・著

願いを叶えてくれる "幽霊" の噂を聞いた5人の女子高生たちは、欲望のままに幽霊を呼び起こしてしまう。友達の鍵付きアカSNSを見たい若菜…。キラキラした友達と人生を交換したい亜implies…。願いが叶って浮かれるのもつかの間、彼女たちに襲いかかる恐怖とは？　一気読み必至の学園ホラー、全5話。

ISBN978-4-8137-0821-6
定価：660円（本体600円＋税10%）

野いちご文庫ホラー

『感染都市』朝比奈みらい・著

高2のあおいが通う高校で、ウイルスが原因の人喰いゾンビが現れる。噛みつかれては次々とゾンビになる生徒や教師たちに、学校はパニック状態に。さらに、学校の外にもゾンビは溢れていて…。友人の死、命がけの恋…さまざまな想いを抱えたあおいたちの生き残りをかけた戦いが、今はじまる。

ISBN978-4-8137-0802-5
定価：649円（本体590円＋税10%）

野いちご文庫ホラー

『洗脳学級』西羽咲花月・著

高2の麗衣たちは、同じクラスの沙月から、どんなことでも解決してくれる「お役立ちアプリ」を教えてもらい、ダウンロードする。やがて、何をするにもアプリを頼るようになった麗衣たちは、アプリに言われるがままイジメや犯罪に手を染めていき…。衝撃のラストまで目が離せない、新感覚ホラー！

ISBN978-4-8137-0783-7
定価：660円（本体600円＋税10%）

野いちご文庫ホラー

ケータイ小説文庫　2022年2月発売

『悪い優等生くんと、絶対秘密のお付き合い。』　干支六夏・著

普通の高校生・海凪が通う特進クラスは、恋愛禁止。ある日、イケメンで秀才、女子に大人気の漣くんに告白される。あまりの気迫にうなずいてしまう海凪だけど、ドキドキ。そんな海凪をよそに、漣くんは毎日こっそり接近してくる。そんな中、ふたりの仲がバレそうになって…！　誰にも秘密の溺愛ラブ！

ISBN978-4-8137-1221-3
定価：649円（本体590円＋税10%）　　ピンクレーベル

『極上男子は、地味子を奪いたい。⑥』　*あいら*・著

正体を隠しながら、憧れの学園生活を満喫している元伝説のアイドル、一ノ瀬花恋。極上男子の溺愛が加速する中、ついに花恋の正体が世間にバレてしまい、記者会見を開くことに。突如、会場に現れた天聖が花恋との婚約を堂々宣言!?　大人気作家*あいら*による胸キュンシリーズ、ついに完結！

ISBN978-4-8137-1222-0
定価：649円（本体590円＋税10%）　　ピンクレーベル

『無敵の最強男子は、お嬢だけを溺愛する。』　Neno・著

高校生の茉白は、父親が代々続く会社の社長を務めており、周りの大人たちからは「お嬢」と呼ばれて育ってきた。そんな茉白には5歳の頃から一緒にいる幼なじみで、初恋の相手でもある碧がいる。イケメンで強くて、いつも茉白を守ってくれる碧。しかもドキドキすることばかりしてきて…？

ISBN978-4-8137-1223-7
定価：693円（本体630円＋税10%）　　ピンクレーベル

『悪夢の鬼ごっこ』　栁谷あか乃・著

中2のみさきは、学年1位の天才美少女。先輩から聞いた「受ければ成績はオール5が保証される」という勉強強化合宿に参加する。合宿初日、なぜかワクチンを打たれて授業はスタートするが、謎のゲームがはじまり「鬼」が現れ…。鬼につかまったら失格。みさきたちは無事に鬼から逃げられるのか!?

ISBN978-4-8137-1224-4
定価：649円（本体590円＋税10%）　　ブラックレーベル

読むたび何度でも恋をする…全力恋宣言！
毎月25日はケータイ小説文庫の日♥

心に沁みるピュアラブやキラキラの青春小説、
「野いちご」ならではの胸キュン小説など、注目作が続々登場！

ケータイ小説文庫　2022年3月発売

NOW
PRINTING

『溺愛したりない。(仮)』＊あいら＊・著

目立つことが苦手な地味子の真綾は、読書と勉強が趣味の真面目な女子高生。平穏に暮らしていたかったのに、ある日、校内でも有名な超美形不良男子に突然ファーストキスを奪われて⁉　「お前にだけは優しくするから」なんて、甘い言葉を囁かれ…⁉　容赦ないドロ甘学園ラブに胸キュン♡

ISBN978-4-8137-1239-8
予価：550円（本体500円＋税10%）　　ピンクレーベル

NOW
PRINTING

『恋音デイドリーム (仮)』雨乃めこ・著

失恋して落ち込んでいた純恋は夏休み、まかないののアルバイトをすることに。なんとそこは、イケメン芸能人4人が暮らすシェアハウスだった…！　アイドルグループのメンバーやイケメン俳優に囲まれて、毎日ドキドキ。そんな中、一見冷たいけどいつも純恋を助けてくれる雫久が気になって…。

ISBN978-4-8137-1238-1
予価：550円（本体500円＋税10%）　　ピンクレーベル

NOW
PRINTING

『ロート・ブルーメ (仮)』緋村燐・著

高2の美桜は、昼でも危険と言われる黎華街に住む叔母の家へ、届け物をするため向かっていた。ところが、街中で男に襲われかけ、黎華街の総長である紅夜に助けられる。美桜と紅夜は運命に導かれるように強く惹かれ合うが、2人は謎の組織に狙われはじめ…。命をかけた甘く激しい恋の行方は⁉

ISBN978-4-8137-1240-4
予価：550円（本体500円＋税10%）　　ピンクレーベル

書店店頭にご希望の本がない場合は、
書店にてご注文いただけます。